歲月之歌

櫻櫻旅美文集

梁櫻櫻 著

自序：生命的情懷

書寫一直是我的志趣所在，是一輩子的事。就像是一種愛好，日積月累，不知不覺便豐富了我的一生。

學生時代，在老師的命題之下為文，無論何種體裁，總會讓我興致勃勃的，一心認真地對待。偶爾碰到特別喜歡的題目，也會洋洋灑灑寫上一篇，寫到興味濃了，寫到心中澎湃。然而，一般來說，在限定的時間內寫作，多少還是會感受到壓力，再加上求好心切，兩堂作文課下來，完成任務的使命感往往高過了書寫之樂的體會。

等到年長，有了更多的人生閱歷之後，遇事便漸漸有了平常心，為文塗鴉也是如此。眼前沒有國文老師了，作文課催逼的鈴響也已消失多年，這時，反倒經常心血來潮輕鬆地提筆。不為了課業的需要，也不為了博取嘉獎，而是找到了志趣之所在，全然沉浸在書寫的情境裡了。

每當福至心靈，靈感像蝴蝶般輕拍著五彩的翅膀翩然而至，四周的人事頓時變得無足輕重了，內心的聲音於是相對地清晰，我便專心傾聽，一時心無旁騖了起來。若有可能，當下即找來紙筆，刻不容緩地刻劃起那稍縱即逝的心懷意念。而更多的時候，一個想法放在心裡琢磨著，長時間不斷地醞釀構思，直到它逐漸化為文字了，一字一句展現出我們對生命的情懷。

薄暮時分的窗下，賞秋踏春的途中，當古典的音符撥動起心弦，是那樣優美的情懷燃起了書寫的熱情。記事感懷、生活點滴、美景追尋、讀書心得等等，無一不是書寫的題材。文字，但求貼近真情實感。心謙卑了，筆下亦不浮誇。越是用心捕捉描寫，意涵便越為貼切。等到內心的感動隨著段落的鋪陳而逐漸加深時，耕耘的喜悅也就來到心頭了。書寫於我，不單單是描繪過往、記錄當下，更在於品味和享受那個過程。

平日，工作和家務佔用了絕大部分的時間，而我總是收集著其中的空檔用於構思和書寫。尤其是週末到鄉下，沿途便可一邊瀏覽，一邊塗鴉。寫著寫著，一些文章陸續刊登於聯合報系北美世界日報和台灣時報，也有不少文字見於過去的部落格和後來的臉書版面。對我而言，生活就是長途的心靈之旅，但凡心中特別有感，便會將一段段的旅程付諸文字，而照片往往是當下駐足的風景。此時將具有代表性的文字和照片集結成書，這正是因為珍視這段心路歷程的緣故。

這本書的內容分為兩卷，卷一〈蘊藏著智慧的人間歲月〉和卷二〈滿溢著情趣的四時感懷〉。卷一的題材包括北美生活、思鄉憶往以及生活累積的智慧。平日，我認真過著眼前的生活，於是就有〈趕火車的日子〉、〈世間風景〉、〈圖書館與我〉和〈我的同事們〉這一類描寫當下的文章。除此之外，我也喜歡書寫往日在故鄉台灣的種種，唯恐那些珍貴的記憶因生活的忙碌而流失了。因此，這本書也收錄了諸如〈那本難忘的月曆〉、〈童年小詩〉、〈蔥油餅香〉和〈聖誕卡的回憶〉等等思鄉懷舊的文字，唯有忠於記憶的書寫才能一解我的鄉愁。

卷二則是按照四季的推移來編排文章。生活在四季分明的地方，對我而言，院子裡、街道上和廣闊的原野，無處不展示著四時晨昏之美，無時不陳述著生命的信息。田園山水才是生活喜樂的泉源，每當我感動了，便欣然記錄下對大自然的領會和學習。

異鄉的日子，一過就是許多年。窗外的雲天時有落霞孤鶩，時有風霜雨雪，然而無論世間如何的變幻，書寫總是觀照心靈的最佳途徑。回顧優遊於書寫的這些歲月，時常是在心平氣和之中，看著簡單素樸的文字自筆尖汩汩流出了，來自心田，卻也滋潤著心田。日子，就是這麼踏實地過著。

北美的大湖 Lake Champlain 有12個燈塔，其中之一可以在佛蒙特州（Vermont）的 Burlington 看到。塔身質樸優美，有如湖景的靈魂一般，日夜守護著這一片水域。

目次

卷一：蘊藏著智慧的人間歲月

十月天

日子，如常升起了裊裊炊煙
光陰，也化身為秋水潺湲
如夢的歲月蜿蜒
在十月天的人間
靜靜地，流向了天邊

（二〇一五年十月四日　台灣時報副刊）

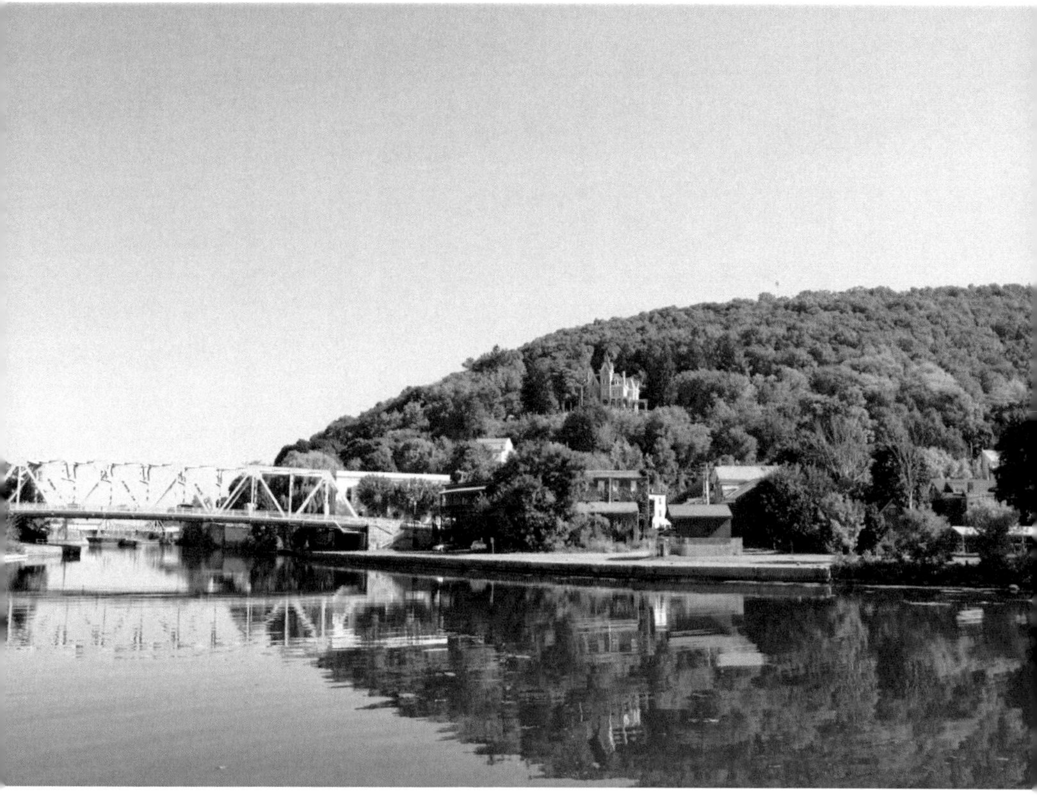

紐約歷史小鎮 Whitehall，美國海軍的發祥地。

趕火車的日子

火車來了，熟悉的那列火車循著百年不易的軌跡，在佈滿晨霧的遠方緩緩地轉個彎，然後，就篤定地朝著我們開來了。

這時候，廣播也響了。候車室的玻璃門一打開，魚貫走出幾個西裝革履的男士來，也有打領帶，著獵裝，腳上穿著休閒鞋的。他們提著公事包，一副胸有成竹的樣子。晨風凜冽，女性上班族也都穿著外套，各個打扮得端莊而典雅。熟悉的那對中年夫婦像往常一樣，一陣輕聲低語之後，必然會有一次深情的擁抱。另外，還有兩個學生模樣的年輕人，他們背著背包，帶著水，精神抖擻，迫不及待似的，早就在月台上候著了。

你買好了火車票，也及時從候車室出來。紅色的領帶襯托著年輕的臉龐，首先就回頭朝我這邊看了一下。我在車子裡，你未必能看清我，然而臨上火車之前，你總會這樣看媽媽一眼。沒有特別的表情，這一眼卻深含著默契，是道別，也是承諾。

天已矇矇亮，當火車再次緩緩地啟動，我開著車子，也伴隨以相同的速度。然而，僅僅是陪你這一小段，離開火車站之後，一右轉，車子就往相反的方向駛去了。只這麼一會兒的工夫，就聽不見火車的聲音了，那火車載著你向紐約奔馳而去。不能多想了，當下就打開收音機，彷彿急於填補心中頓時空了的那一部分。

晨光熹微，樂音流淌，寂靜的小路幾乎沒有車輛，只有麻雀和知更鳥歡快地從我眼前飛過，偶爾還有小鹿踏青覓食的影踪。春雨過後，兩旁的樹木為清晨的街道添加了幾許新綠，恰好與粉紅清麗的山茱萸相映成趣。而楓樹夾道的那條小巷，滿樹的翅果，已將畫面渲染成一片溫柔綿密的色彩了。放眼望去，家家戶戶好像還在睡夢之中，然而，迎面卻來了一個晨跑的小伙子。他的步伐穩健，臉上盡是單純與自信，這又讓我想到了你。

許多年後，我們會憶起這段趕火車的日子。每個分秒必爭的工作日，我們都這樣匆匆忙忙揭開了序幕，直到送你搭上早班的火車之後，我才鬆了一口氣。緊接著，還要刻不容緩地回到家裡，收拾收拾，好讓自己也能出門上班去。

這樣的清晨總有幾分的急迫，然而細想起來，這過程卻是溫馨而帶勁的。黎明時分，那些比太陽還早起的人們，勤勤懇懇地，他們的身影為黑夜過後的火車站帶來了生活的氣息。而晨曦中的大地，似乎已經忘了昨日的滄桑和風雨，只要天一破曉，便滿懷著生命的憧憬和歡愉。一切都將重新開始了，即使曾經破敗過、氣餒過，仍然可以想方設法，整裝東山再起。

一日之中，漸漸地，我也偏愛日出前後的這段時光。天邊的雲彩，沁涼的空氣，悅耳的鳥聲，還有那些靜謐可愛的家園。觸目所及竟是如此的清新可喜，就連車上熟悉的音樂也顯得格外動聽。我們喜歡的那首“Once Upon a Time in the West”，細膩悠遠的曲風在黎明時刻聽來，更讓人有天寬地闊、蒼涼悲壯的感覺。聽在耳裡，充滿了胸臆，似乎每個音符都能喚起靈魂深處的回應。

大自然是慈悲的，我們為了趕早班的火車，每日起早貪黑，它便以朝陽初昇的美景來寬慰我們、激勵我們。而我們，日復一日，也是滿心喜悅地接受黎明的洗禮。這樣的日子溫馨可貴，願意與你細細地品味，好好地珍惜。

（二〇一六年六月十九日　台灣時報副刊）

▍上：晨曦中的大地，似乎已經忘了昨日的滄桑和風雨，只要天一破曉，便滿懷著生命的憧憬和歡愉。

▍下：楓樹夾道的那條小巷，滿樹的翅果，已將畫面渲染成一片溫柔綿密的色彩了。

世間風景

熟悉的那家服飾店裡，夏日的午後並沒有多少顧客。我拿起了一件花裙子來看，挺好的布料和花樣，無奈那款式長可及地，並不適合上班穿著。正惋惜著的時候，耳邊傳來了一位男士的聲音：「這件蠻好看的！是你喜歡的橘色。」抬頭一看，眼前是一對中年男女，他們正認真地挑選著衣服，看上去大約四五十歲的樣子。

這兩人都有一頭金色的短髮，蓬鬆而略顯得凌亂。古銅色的皮膚好像在烈日下曬過的，濃濃地塗抹著一層健康而浪漫的色彩。五官乍看之下有點粗獷，再加上格子棉襯衫和卡其褲的烘托，兩人像是賓州田園平實的莊稼人，也像是從美國西部片裡走出來的人物。艷陽下，他們剛趕著那輛老舊的馬車，匆匆越過了荒涼而遼闊的原野，一路風塵僕僕而來。

我繞到側面，快速地打量著他們倆。男的身材瘦高，高挺的鼻樑上架著一副金邊眼鏡。從這個角度看過去，眉目之間倒有幾分的書卷氣。他正專注地為心愛的人選購夏裝，那模樣像是完全無視於旁人的存在。然而，更吸引我注意的是這個中年女子。儘管並非青春年少了，成熟的臉龐上，眼波的流轉依然流露出靦腆和喜悅，這

走過了人生，才知道愛是世間至美的一道風景。（院子裡的海棠果）

使得舉手投足間的風采更為動人，旁觀者便不難看出這個男子在她心中的份量了。

當他們相視而笑，雙眼便交流著單純的情意，就連說話的語音也是經過深情滋潤的，抑揚頓挫，婉轉而動聽。女子穿上那件中意的洋裝之後，一從更衣室出來，便目不轉睛地期待著對方的反應，而這男人也熱切地上前給她做參謀，彼此交換著意見。

走過了人生，才知道愛是世間至美的一道風景。尋到了愛，生活的酸甜苦辣便甘之如飴。往日縱有委屈，今後也變得無足輕重了。相愛打開了心扉，讓平凡的日子變得神奇，讓青菜豆腐成為美味佳餚，讓心變得細膩敏銳了，好去全力呵護對方。相愛也讓彼此化身為心目中最璀璨的那顆寶石，永恆真摯地，在芸芸眾生裡熠熠生輝。

望著這對戀人提著購物袋，心滿意足攜手離去的背影，我的心裡早已裝滿了誠摯的祝福，祝福他們永遠和此刻一樣的甜蜜、幸福。

（二〇一六年七月二十八日　台灣時報副刊）

蘭卡斯特的馬兒

還記得那個夏日的午後，樹蔭裡，一群母雞聚集在馬兒身邊，有的低頭找蟲吃，有的像是不餓，只是默不作聲悠閒地待著。馬兒每移動幾步，母雞便如影隨形，緊緊地跟在馬兒的腿邊，寸步不離。馬兒生性安靜，此時這群可愛的母雞也跟著不言不語，於是便留下了這幅和諧而有趣的畫面。

都市裡，馬兒並不多見，偶爾能在紐約看到警察騎著馬巡視最繁華的路段，除此，還能在中央公園附近看到載著遊客的馬車。然而，如果到賓州鄉下，尤其是阿米希人（Amish）聚居的蘭卡斯特（Lancaster）一帶，一路就會看到很多養馬的人家了。

阿米希人（Amish）是德裔瑞士移民，祖祖輩輩保守著傳統的信仰和價值觀，至今依然過著十八世紀簡單素樸的生活。幾代以來，他們謝絕現代科技的入侵，不使用電話、電腦和汽車等等現代文明的產物，有些人家甚至不使用電力。由於主要以務農為生，並沿襲古法來耕作，他們在農地裡仍舊仰賴馬力，因此一般人家都會養馬。

平日，他們也以傳統的馬車作為交通工具，隨著噠噠的馬蹄聲由遠而近，我們多次在鄉間的路上和他們相遇。擦身而過的時候，儘管只是一剎那的時間，那歷經信仰薰陶和家庭教養的良善面容，還有那匹精壯溫順的馬兒，兩者都給人留下了深刻的印象。經常地，我回頭目送著遠去的背影，耳畔的馬蹄聲逐漸消失了，可是這一幕卻讓人陷入了沉思。

馬兒外型威武俊美，再加上小說和電影裡的描繪，總覺得馬兒的智慧和體力是特別傑出的。在看過的以馬為主題的電影裡，值得一看再看的是黛安・蓮恩（Diane Lane）主演的《奔騰人生》（Secretariat）和更早以前勞勃・瑞福（Robert Redford）主演的《馬語者》（The Horse Whisperer）。前者是真人真事，後者是根據小說改編而成，兩部電影都表現出人類對馬的情有獨鍾。

一個愛馬懂馬的人會耐心地與馬溝通，先建立好彼此的信任才能進一步要求其他，操之過急了往往效果不彰，也絕非長久之計。馬兒也有內心的情感和一時的情緒，有無奈，也有忠誠和堅毅等等情操。你若替牠著想，真心體諒，等到馬兒感受到善意之後，自然就會報之以真心，載著你翻山越嶺，涉溪過橋，最後才有可能將潛能更好地發揮出來。

兒時父親帶我們搭火車回清水老家，學生時代又用摩托車載著我到蘆洲鄉下，似乎從那個時候起，沿途的景緻和農家的樸實便醞釀了我對田園生活的嚮往。旅居美國這些年來，阿米希人墾殖的蘭卡斯特因此而成為假日最常去的地方。放眼望去，公路兩旁阡陌縱橫，溪流蜿蜒，看不厭的大豆田和小麥田隨著季節變換著色彩，而盛夏綠油油的玉米地也綿延到了天邊。不同的時節前往，就能瀏覽各種農作物生長的過程，從一開始的翻土播種到發芽茁壯，總讓人領略到土地的蘊藏和生命的力量，最終也能分享到幾許成熟和豐收的喜悅。

鄉間的小路上，總能看到幾座帶有穀倉的農莊，幾戶守著良田的農家，時而還能看到阿米希人的傳統馬車點綴在廣闊的原野上。晴好的日子裡，常見他們用兩匹馬、四匹馬或者是八匹馬合力來耕田。有時八匹馬排成了兩排，一起拉著切碎機，同心協力，快速地處理收成過後的玉米地。

在民風淳樸、沃野千里的蘭卡斯特，強壯的馬兒是農家的好幫

樹蔭裡，一群母雞安靜地守在馬兒的身邊，馬兒走幾步，母雞便緊緊跟隨，鄉間常見如此溫馨而和諧的畫面。

手，在勞動中為田園添增了生命力。而農忙過後，低頭吃著草的馬兒恢復了安靜低調、不理世事的模樣，悠閒中卻為優美的景緻再添上溫馨的一筆。在阿米希人與世無爭的生活裡，馬兒確實扮演了舉足輕重的角色，駿馬良駒也成為當地的特殊景觀之一。到蘭卡斯特就是為了欣賞田園風光，為了看看阿米希人和他們的馬兒。回顧這些年來，每回都是乘興而去，盡興而歸，每一趟都是精神之旅。

（二〇一九年十一月二十七日
台灣時報副刊）

最初的記憶

據說土耳其人的主食是麵包，這些年來，先後品嚐過幾款之後，發現自己也很喜歡土耳其麵包的特點。尤其是長條平狀的Turkish Pide Bread，喜歡那種平實的風味，還有淡淡的烘焙香。有幾回幸運地趕上了剛出爐的麵包，撕著吃，享受著外皮的韌性、內裡的柔軟和發麵特有的彈性。那QQ的嚼勁多麼的熟悉，總是喚起了遙遠的童年記憶。

記得兒時，有個退伍老兵模樣的人，高高壯壯的。那段日子裡，每隔幾日，總會看到他推著腳踏車來到巷子裡，一路拉開了嗓門，聲聲叫賣著親手所做的大餅。「大－餅－大－餅－」，那宏亮的山東口音拉得長長的，從巷頭傳到了巷尾，家家戶戶都知道賣大餅的來了！

偶爾，我也捏著手中的零用錢，快步奪門追去，一方面是因為興奮，一方面也是怕錯過了。一看到嘴饞的小朋友前來，個兒高大的他便露出了和藹的笑容，欣然把車子停妥了，然後不慌不忙打開後座的大木箱。當他掀開那塊米色的屜布時，我得踮起腳尖來，才勉強能夠瞄到最上層的那塊大圓餅，的確是厚實而誘人。圓餅顯然事先就切好了，就按片來賣，有時拿在手裡還是熱騰騰的，深吸一口氣，頓時便是一陣淡淡的麵餅香！

人生最初的記憶，除了身邊的父母至親之外，總還有一些來往於巷弄的叫賣聲，那些為生活而走街串巷的小市民。傍晚放學後，巷口香味撲鼻的烤番薯，那難忘的大陶缸，還有那疊用來包番薯的舊報紙。寒冬深夜裡，麵茶攤上冒著縷縷白煙的長嘴壺，那不絕於耳的嗶嗶汽笛聲，幾個圍坐攤前吃得正香的老顧客。炙熱的夏日裡，揮汗賣綠豆粉條的那個人，那淺淺的碗，滑溜的涼粉條，藝術品似的點綴著珍貴的綠豆幾許。

還有清晨沿路搖鈴的醬菜車，就像個行動的大菜櫥，細看才曉得裡面的醬菜五花八門，琳瑯滿目。碰到收破銅爛鐵的來了，趕緊就拿出存放了幾日的空罐子，好換來一支甜滋滋的麥芽糖。此外，還有不定期來收舊報紙的、修理門窗的，足不出戶也能聽到他們獨特的呼喚。至於好久才來一次的爆米香，那是小巷生活的頭等盛事。老伯那一聲吆喝「要爆囉！」，語音剛落，隨之便是夾帶著滾滾白煙的轟然巨響。膨脹了的米粒一顆顆白胖胖的，變魔術似的從鐵筒裡倒了出來，引來圍觀的老老少少好一陣的歡呼和雀躍！

從小就喜歡純樸的市井小民，喜歡老百姓過的尋常日子。走過了長長的一生，才知道山珍海味遠不如帶有童年情感的那塊大餅，透過回憶，我們也能喚醒心中那個久別的年代。當年那些小販沒有固定的收入，謀生何其不易，尤其是在炎熱多雨的季節，然而他們的心血卻豐富了我們的飲食文化，不知不覺也添加了地方色彩和生活氣息。如今那肉粽和大餅殷切的叫賣聲已經遠去了，我們的童年，那最初的記憶，卻保留了許多溫馨而生動的畫面，多少年來豐富了你我的心靈。回想起來，滿心都是值得懷念和感恩的過往。

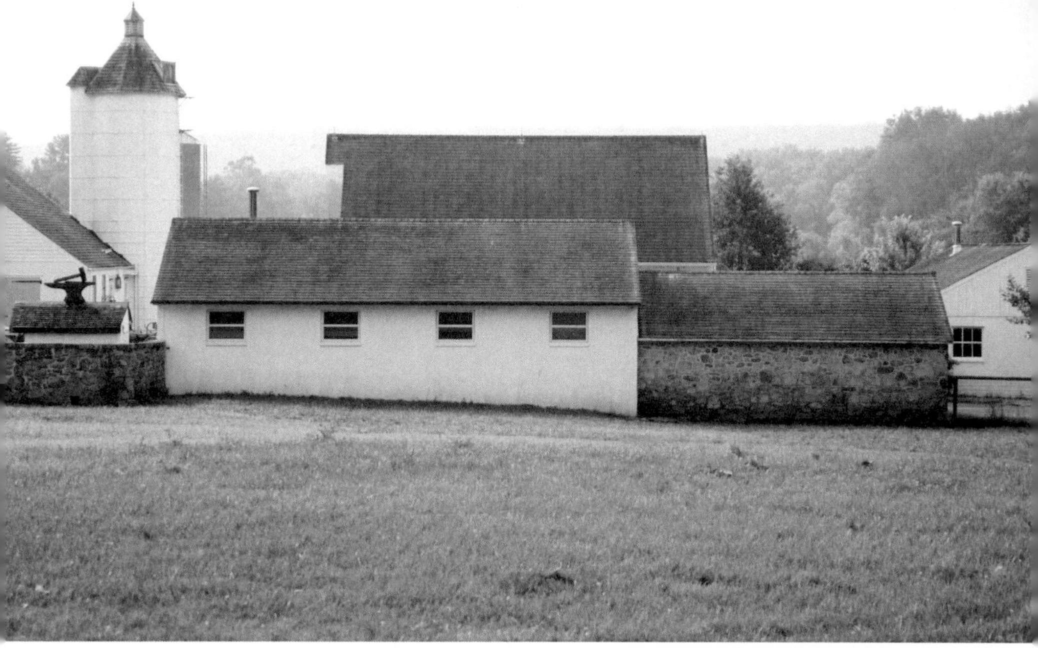

清晨時分，走過賓州 Lahaska 農家的草地。最初的那一道陽光，輕柔地落在露珠兒上，瞬時便喚醒了沉睡中的大地。

故鄉情

七月中旬從台北回來之後，轉眼一個半月了。這期間，無一日不是念著親人，得空便想著故鄉的種種。故鄉，就是縈繞心頭的牽掛，是黃昏時那條未走完的路，是臨別了還來不及看完的街景。故鄉，也是天已破曉卻未織完的夢。

未織完的夢總是日夜浮現著，時刻容許我的思緒進進出出，自由地穿梭與遨遊。臨沂街曲折靜謐的巷弄，迪化街各具特色的古典建築，百年老店和文創小店的搭配交織，霞海城隍廟旁的民藝埕，那裝飾得高雅別緻的三進式街屋。

還有瀰漫著歷史和文化氣息的淡水，長老教會旁優美的紅磚小巷，滬尾偕醫館令人肅然起敬的事蹟，馬偕博士堅忍博愛的傳奇。老樹旁，多田榮吉故居古色古香，即使是豔陽高照，雅致的日式木屋依然散發著幾許和諧與清涼。

吃過故鄉的米，吹過故鄉的風，淋過故鄉的雨，愛過故鄉的人。當我沉湎於這些回憶的時候，才知道世間最親親不過故鄉的土地。這趟回台雖因事未能到更多地方遊歷，但好友撥冗載我到大稻埕迪化街和淡水小鎮一遊，我因而得償夙願，心滿意足。回來之後便即刻恢復作息，用心工作，期待著明年再度休假返鄉的日子。

（二〇一九年九月一日　台灣時報副刊）

淡水長老教會旁，優美的紅磚小巷曾經留下了我們的足跡，何其美好。

流不斷的故鄉水

異鄉的生活多半是寧靜的，不像台北的大街小巷總有人來人往的聲響。然而，有一種聲音經常劃破了居家的寧靜，卻又瞬間拉近了我和故鄉之間的距離。是什麼聲音呢？

是悅耳的水聲。當雙手交會於水龍頭下，喜歡看著舒緩的水流從掌心手背、從指縫、從生活汩汩地流過。水不宜開得過大，過大了，聲音便顯得嘈雜。總要調到適中了才能貼近心靈，也更能吻合歲月的節奏。調好流量之後，再隨著季節調整水溫，抹上些許肥皂，一邊搓洗，一邊聆聽著水聲的清亮，彷彿詩中「明月松間照，清泉石上流。」的意境。夏日的沁涼，冬日的暖流，從此就流淌到心坎裡去了。

心平氣和的時候，刷鍋洗碗也會是件令人愉悅的事。晚飯過後，在清潔劑和菜瓜布的輔助下，清水在盤中碗裡飛濺出輕快的音符，涓涓淙淙，叮叮咚咚。這些樂音平實而悅耳，像在爬梳心事，也像在安慰心靈，聽著聽著，心境不知不覺就優美了起來。每日這樣耐心地清洗著，在水聲的薰陶和鼓舞中，這顆心順服了，愉悅了，生活所帶來的種種磨練似乎也都能甘之如飴。

陰雨連綿的日子裡，也喜歡停下手邊的工作，豎耳傾聽窗外的雨聲。濛濛細雨落在窗前的枝葉上，那是季節的耳語，千絲萬縷透露著春華秋實的祕密。滂沱大雨則淅瀝瀝，嘩啦啦，跌宕起伏敲打著門窗，讓你不能不關注那撼人魂魄的交響曲。大雨小雨平添了生活的景緻和趣味，若是撐起一把傘穿梭在其間，心情放鬆了，就能聽到雨珠兒串串落在傘面上，點點滴滴撥動著心弦。

那一年離開了故鄉，歷經世事，生活也隨著起了變化。然而，居家的水聲和窗外的雨聲，自我踏入異鄉的第一日起，即發現這兩種樂音並沒有絲毫的改變，依然和從前一樣的悅耳動人。因此，每當這樣的樂音響起，總能喚起身在故鄉的感覺。尤其是每日傍晚沐浴的時候，蓮蓬頭灑下的熱水打在身上，總讓我沉浸在熟悉的聲音和氣息裡。彷彿是流不斷的故鄉水，那麼親，那麼近，片刻間，就好像我從來沒有離開過一樣。

（二〇一八年十月十七日　台灣時報副刊）

用耳去聽，用眼去看，用手去觸摸，用心去體會當下的那一刻，像是流不斷的故鄉水，源源不絕，以各種不同的形式來滋潤我們的心靈和生活。

那本難忘的月曆

那一年的冬天來得特別的早，數日的陰雨之後，天空突然放晴了。冬陽和煦，顯得格外可親。信義路騎樓裡的地攤，剛一擺好就熱鬧起來了。記得那一日陽光金燦燦的，從陽台滿溢到了客廳裡。那對可愛的白文鳥吱吱喳喳，雀躍不已，彷彿也為雨過天晴而喜悅。我望著牠們出神，直到電話鈴響了。

「我這裡是信義路松青斜對面的電器行，有一位陳老先生在我這兒。他忘了怎麼回家了，只記得這是她女兒的電話號碼，我就幫他打電話過來。」撂下電話之後，三步併作兩步走向連雲街口，左轉，再急呼呼來到了電器行門口。只見一個四十來歲的男子，面貌和善，中等身材，正笑呵呵領著阿公走了過來。

阿公看起來有點疲憊，同時還有幾分的靦腆。忘了回家的路了，情急之下，只好求助於電器行老闆。老闆請他喝茶，讓他坐下來慢慢想，終於想起了我們家的電話號碼。阿公還給我看了手上的那本月曆，說是老闆送的，上面有好看的四季風景。手挽著阿公，連忙向老闆躬身行禮，對好心人的搭救之恩連聲道謝。記得這位老闆的態度十分的親切，一句「不客氣，不客氣，這是應該的。」頓時讓這人間滿溢著溫情。

當年，八十多歲的阿公身體依然十分硬朗，平時總喜歡在住家附近散步，東門市場一帶每日必有他的足跡。可是，那一日，阿公銀髮稀疏，步履蹣跚。黑色的呢大衣上，不知何故，右肩的部分有點弄髒了，留下看似小動物的足印。我輕輕拍去上面的塵土，一路上百感交集，卻笨拙地說不出幾句安慰的話來。祖孫二人沿著騎樓走著，一時沒忍住，視線就變得模糊了起來。

記憶裡的阿公喜歡讀報和看平劇，每日並勤於行走，而那日是老人家最後一次的外出。農曆過年之前，在沒有病痛的情況之下，阿公走完了人生所有的路程，在家中安詳地辭世。電器行老闆饋贈的那本精美的月曆，雖然阿公沒能過完上面所有的日子，但我相信，當日握在手裡的感覺必定是溫暖無比的。善心人士及時給予的援助，對我而言，也是一段刻骨銘心的回憶。

（二〇一六年一月十六日　台灣時報副刊）

▌時光還停留在你離去的那一年，雖然花開花又謝。

胡同往事

我明白三兩間的小屋無法成巷，縱有八九間的民宅也成不了胡同。然而，站在這個麻州小鎮溫馨的角落裡，想像彷彿添加了實景的長度，輕易地，我又回到了那個晃動著青春身影的胡同。

那一季，蟄居在胡同的深處，一般人沒有理由走近的小屋。蟬聲已起，而綠樹成蔭。不知何時搬動了桌椅，記得總愛在窗前的書桌溫書，享受窗外雲天數個小時的陪伴。那一日，隔壁鄰居剛割過了草，陽光下，草地幽然散發著迷人的清香。我出神地望著兩隻橘紅滾黑邊的蝴蝶在上面追逐，直到你赫然出現在窗口，恰恰擋住了我的視線。

訝異地看著你，想了想，依然給你開了門，見你刻不容緩遞過來手中捏著的東西。遲疑著，卻敵不過幾分的好奇，忙打開那團皺巴巴的面紙，一看，裡面包著的竟是另一團更加皺巴巴的葡萄乾。暗紫的葡萄乾個兒不小，然而更加吸引我的卻是那份素樸而真誠的心意，頃刻間這個世間變得無比的單純而動人。

等到我回過神來，抬頭正想說點什麼，這才發現，你的腳踏車已經踩遠了，而你的背影落在畫冊的首頁，從此納入了故事的第一個章節。

記憶，日夜書寫著靈魂的際遇，而美麗幽微的往事，記憶，總是願意著墨更多。

（二〇一五年七月二十四日　台灣時報副刊）

記憶，日夜書寫著靈魂的際遇，而美麗幽微的往事，記憶，總是願意著墨更多。

我的同事們

尋常的日子裡，每日，我總有八個小時的時間在公司。日子久了，對同事們的個性就會有一些了解。

一樣的工作環境和工作性質，一樣的老闆上司和工作壓力，然而一旦有突發狀況需要解決時，每個人表現出來的態度卻會有所不同。

有的同事如臨大敵，呼天搶地，唯恐旁人不知道天將降大任於斯人也。這時候，由於緊張著急，稍一放縱便會口不擇言，甚至於推卸責任，責怪某人的不是，相關的部屬同仁都有可能慘遭波及。

有的同事則鎮靜自若，臨危不亂，一副「兵來將擋，水來土掩」的從容。無論他人如何，堅決不與之起舞。在他們的臉上，你看不到一絲急躁或者惶恐，面對情勢，他們維持著一貫的良好風度，往往只有認真思索對策、且戰且走的神情。

而有的同事一向思慮敏捷，能說善道，性情也較為幽默而開朗。在這樣緊急的時刻，有時靈機一動，一通友善的電話就能緩解局面，對問題的解決也起了關鍵性的作用。

同事當中也有長期默默耕耘，寡言少語的。平日他們為人謹慎，工作認真，凡事看在眼裡卻不批評，也從不計較。實際上，若非為了公務，否則極少主動與人談話。偶爾問題找上門來了，他們的反應依然是不慌不忙的，抽絲剝繭，毫不動氣，著實突顯了個性裡沉靜善良的本質。

時光匆匆而過，當初躍躍欲試的這份新工作，如今也已做滿五年了。五年來，辦公桌好比是我的一畝三分地，日復一日，我就在這兒和同事們耕耘播種，分工合作。經過了日積月累，除了感受到自己在工作上的成長之外，平日和同事們的相處也頗為融洽，相互之間並沒有種族和膚色的分別，交換心得、說說笑笑都是常有的事。

然而，一個團體人多口雜，難免會有三兩個同事喜歡背地裡說人長短。每當看到她們湊在一起低聲耳語，我總是不動聲色走了過去。有時無意中聽到了一兩句，循聲看去，一向自負的同事此時竟顯得小肚雞腸的樣子，臉上的表情正透露出心胸的狹窄。似乎是為了支持自己的論調，她們常不惜添油加醋，唯恐天下不亂。可惜了那身精雕細琢的打扮，這時候就顯得黯然失色，一點也不好看了。

而在我眼裡，同事們的為人各有優點，做事也各有所長，在一起共事就能截長補短，善加利用個人的長處就能讓公司的業務蒸蒸日上。公司好，我們便隨之安好了。

每個同事都有他存在的價值，這些年來，透過觀察和互動，我從同事那兒確實學到了許多。我們無法選擇同事，卻可以決定自己所持的心態，發自內心的包容和欣賞不僅僅是對他人的友好，同時也是善待自己，讓自己時刻保持在愉悅的狀態。若有幸碰到一兩個比較談得來的同事，朝夕相處就能進一步成為要好的朋友。當同事成為相互關懷的知心朋友時，友誼的馨香自然能為工作添增一些樂趣了。

每日清晨，興沖沖推開了公司厚重的玻璃門，在此起彼落的「早安」聲中打好卡，然後精神飽滿地走向自己的座位。一打開電腦，美麗的露怡莎就走過來打招呼，從紐約來的喬娜慶幸著一路並沒有塞車，幽默風趣的瑪麗亞也湊過來說話，幾句家常小事，再加上幾句公務相關的話題，談笑間就為一日的工作拉開了序幕。公司的成員除了土生土長的老美之外，也不乏來自天南地北世界各地的移民，靠著緣份的牽引才能聚在一起，為了養家糊口，也為了施展

靠著緣份的牽引，如今我們才能聚在一起，務必珍惜和同事之間的情誼。

才華而努力。

異鄉漂泊的日子裡，生活總是交織著耕耘與收穫，學習與成長。欣逢公司成立三十五週年，感恩這些同事能與我作伴，熱情自信也好，沉著謙卑也好，每個人都給我一份溫暖，充實了我的生活，各個都是我的好同事。

（二〇一九年五月八日　台灣時報副刊）

急話緩說

對上班族來說，每日，我們有三分之一的時間是在公司裡度過的。長期下來，總會接觸到各式各樣的同事。同事們有不同的個性和才華，再對照實際上的工作表現和人際關係，我常拿他們作為借鏡，也從中學習到了許多。其中較有心得的是「急話緩說」的功夫，這似乎是我一生必修的功課。

年少的時候心直口快，總是有問必答，而且答得挺快。學生時代，出於對老師的敬畏，老師一旦問話了，我無暇顧及對錯，便急忙給出一個答案來。等到踏入了社會，老闆一旦問話了，那更是刻不容緩急著答話，彷彿在證明自己的工作效率和對業務的瞭若指掌。「迅速作答」固然給人些許正面的印象，然而事後一想，卻往往發現當時的應對有失周全。這都是反應過快，沒來得及思考所致。

許多年後，我才真正意識到凡事都應當從容以對，尤其是在職場，說話不疾不徐更能博得對方的聆聽與尊重。開口之前，務必用心捕捉來自對方的信息，免得答非所問。最好能夠利用幾秒鐘的時間理清一下頭緒，再給予對方一個明確的答案或者解釋。話不要太快出口，多給自己幾秒鐘的時間，畢竟言之有物遠比反應靈敏更為重要。

尤其是對方顯得急躁或者高傲的時候，我們的措辭和態度也就更為關鍵了。如何不卑不亢，如何拿捏得當，這就要靠我們日積月累的智慧。必要的時候，也可以選擇沉默。沉默，有時反而是最好的回答。沉默並非無所作為，它具有一定的力量，甚至可以喚起對方的省思。

除此之外，說話也要選擇適當的時機，切不可操之過急。同樣的一件事，若在經理忙得焦頭爛額的時候提出，就無異於火上添油，其結果可想而知。不如緩一緩，將心比心，察言觀色再適時提出來，其效果就會有所不同。在工作壓力之下，有時同事的情緒難免失控，這時候，我們應當保持一貫的沉著淡定，就事論事，不要跟著情緒化。若能多體貼對方一點，甚至幫對方找台階下，不僅能夠緩和當前的局面，事後他也會感激你。

出門在外做事，除了力求工作效率之外，我們也希望和公司同仁和睦相處，並保持良好的互動。如此一來，上班也能成為一件樂事。上班若發生不快，不僅傷了和氣，也會影響到下班回家後的心情，所以必須極力避免，而「急話緩說」正可以降低衝突的可能。

說話如行舟，啟航、船速和方向都需要靠自己掌控。話說得好時，說者神采奕奕，聽者也如沐春風。當意見相左的時候，有話更要慢慢說。心平氣和，不與人爭，這是同事之間的相處之道，也是平靜生活的不二法門。

（二〇一八年九月五日　台灣時報副刊）

團體活動中更需要懂得說話的藝術，尤其是關鍵性的領袖人物，務必以大局為重。

圖書館與我

客居異鄉的這些年裡，此地的圖書館，我們一直是深受其惠。

前些時候，向圖書館借閱了一本兩年前出版的長篇小說，看完了之後，偶然間竟發現網上已有全書的完整內容。至於早年即名噪一時的作家名著，更能在網上搜索而得。自從網路日益發達以來，即使足不出戶，網上的閱讀材料也能輕易獲取，資料的查詢也經常是無往不利。既然電腦已為家家戶戶所普遍使用，原以為影響所及的圖書館從此將日趨冷清了，然而，實際上並非如此。每日圖書館裡查資料、借書、借電影、閱讀報章雜誌和埋首用功的人們並沒有因此而減少。就我個人而言，圖書館始終是生活不可或缺的一部分。一座圖書館美好的環境和它的種種特質，並不是區區一部電腦所能取代的。

學生時期，也曾把安靜的圖書館視為集中心志、準備考試的首選之地。步出校園之後，不再有令人緊張的功課壓力了，它更突顯為一個溫馨友善、書香濃郁、以服務為本、令人探索不盡的大寶庫。美國的公立圖書館星羅棋佈，多年以來，先生與我特別喜歡造訪各地的圖書館。每個圖書館都有它的特色，內部的規模設備和典藏多寡都不盡相同，甚至連管理員的氣質和服務品質也略有差異，但是，就整體而言，我們去過的圖書館總是佈置得溫馨而舒適，隸屬同一郡的圖書館館藏也都相互流通，便於民眾借閱。館內定期為居民舉辦的藝文活動豐富了該館的內涵，而各種免費的課程則進一步發揮了圖書館的教育功能。

除了長期借書、借電影來看之外，週末假日，總是很願意到圖書館走走，靜靜地享受坐擁書城所帶來的身心安頓。猶記得初來美國的時候，頗為圖書館的豐富典藏和幽雅環境而欣喜讚嘆。圖書館館員親切週到、盡心盡力的服務態度也曾令我受寵若驚。多年以來，受惠於圖書館龐大的資源和各種有利於身心的藝文活動，兒子安德魯如今已是個熱愛閱讀的年輕人，而我也依然沉浸在圖書館溫馨的書卷氣息裡，如魚得水。

近十年來，眼見書架上的中文藏書與日俱增，更讓我因隨時能借閱來自兩岸三地的書籍而感到富足。輕聲走在一列列巍峨聳立的書架之間，除了對古往今來的作家深感敬佩之外，也真正體會到此生「生也有涯，而知也無涯。」在這樣一個激勵人心的美好氛圍中，有時我也會有所尋覓。我會刻意坐在正在上課的一對師生附近，「旁聽」著他們的交談內容，為偶然拾得的英語辭彙和智慧話語而默默心喜。

記憶裡，打從小學五年級起，便深受濃郁書香的吸引。中午在學校吃過飯後，常利用短短的午休時間，獨自溜到學校附近的圖書館閱讀課外書籍。當時，主要是喜歡館內那股類似書局裡的書香氣息，哪怕只是坐會兒也是一種享受，沒有想到日後對圖書館的喜愛終能延續至今。回首這一生，我所敬重的往往是博覽群籍、通情達理、富有文化底蘊的師長和朋友。我所欣賞的是人們用心閱讀時自然流露出的專注，總覺得那才是一個人最美的神情。

此刻，在圖書館偏愛的一個角落裡，我在筆記型電腦上從容地寫著這篇短文。春日午後的陽光透過了樸實淡雅的格子窗，輕柔地灑落在臨窗的位子上，也灑落在愛書惜書的心靈裡。在一生最有歸屬感的書香環境中，此時的我有如閒雲野鶴，時而看看熱心的義工忙著給書本歸架，時而欣賞起剛走過的年輕人的衣著，時而傾聽著前方那位不修邊幅的英語老師的授課。而更多時候，我俯首打字，

最常去的圖書館是位於紐澤西州 Ridgewood 的 Ridgewood Library，就在住家附近。坐擁書城，伏案讀書，這始終是世間最美的畫面之一，也是此生最愛看的一道風景。

耳畔傳來了人們低聲的談話此起彼落，使得原有的閒情逸致再添上滿懷的溫暖和歡喜。想像他們或許正和我一樣，對這個豐富了生活的地方，有著深厚的感恩之情。

在濃濃書香的環繞與祝福下，圖書館裡的我比任何時候都更充實自在，也都更怡然自得。人生之樂，莫過如此。

（二〇一二年七月八日　世界日報副刊）

▌上：賓州 Jim Thorpe 主街上的圖書館 Diminick Memorial Library，落成於民國前21年，由36歲英年早逝的 Milton Dimmick 所捐建。這是圖書館二樓的一角，環境優雅，具有古典氣息。有了時鐘滴答輕聲的陪伴，也較容易讓人珍惜光陰，策馬向前。

▌下：位於康州 Mystic Seaport 的圖書館 Mystic & Noank Library，落成於民國前17年，由一位船長 Captain Elihu Spicer 出資為家鄉所建。船長雖然無法親眼看到竣工完成，卻在遺囑中交代要負責購買4000本首批藏書。這座圖書館的建材、結構和內外設計都較講究，再加上書香繚繞，頗能反映那個時代的氛圍。

▌上：做報告、準備考試，或者做嚴肅閱讀的時候，還是避居　隅較能收專心一意之效。

▌左：圖書館裡總有一股無形的力量運行其間，讓我感受到身心全然的安頓。環顧四周俯首閱讀的人們，無論是為準備考試、做報告而來，或者僅僅是為了興趣而來看些報章雜誌，每個人似乎都能心平氣和，自得其樂。雖是公共場所，某些角落也具有居家的舒適，十分體貼溫馨。

▌右：Ridgewood Library 附設點心部，咖啡濃濃的香味瀰漫其間，咖啡香和書香向來是相得益彰的美好組合。

歲月的湖

週末駕車出遊的時候，一路上總是忙著欣賞怡人的風景。每當捕捉到碧波蕩漾、白帆點點的畫面時，眼睛必然為之一亮。今生，美麗的湖泊總是令我神往。若再有一座橫跨湖面的小橋或是堤道，往往就能吸引我們停下車來，欣然走到那上頭憑欄遠眺，一覽令人心曠神怡的湖光山色。

說來頗為幸運，我們家附近也有一個湖，名叫"Woodcliff Lake"，那是不到五分鐘車程的距離。平日，若要到超市買菜，就得在行經一段蜿蜒的小路之後，駛入穿越湖心的那條堤道，因為超市就在湖的彼岸。

十多年來，每回駕車行駛在堤道上，總會盡可能地減速慢行，以便從容地欣賞晨昏的湖景。悠悠湖水，有時溫婉，有時沉鬱。我們曾在風和日麗、波光粼粼的時候駛過，也曾在夕陽西下、霞光掩映的時候駛過。即使是細雨綿綿、煙波浩渺的湖面，也自有它的一番美感。然而，一直以來最為震撼我心的仍是每年初春時節，堤道兩旁成排的梨樹不約而同漫天花開的景緻。梨樹的白花開得分外濃郁而稠密，遠看竟像是大雪過後，枝頭一片白茫茫的雪景。那份揮灑於天地的氣勢與寫意，多年來不知在堤道過客的心湖裡，掀起過多少悸動的漣漪。

旅居異鄉的這些年裡，儘管在許多地方也遊過湖，但總以離家最近的這個湖最感熟悉而親切。猶記得我們初次駛入開滿梨花的堤道時，後座上的安德魯還是個唸小學的孩子。我看著他將臉蛋湊近車窗，睜大了明亮的雙眼，激動地讚嘆著：「好多花啊！」那童稚純真的模樣至今依然歷歷在目，或許因為那一幕經常浮上心頭的緣故，後來的日子裡，有時我會心血來潮，在傍晚時分載著兒子過湖去買冰淇淋。然後，我們在湖畔的火車站停下車來，邊舔著冰淇淋，邊享受落日彩霞所帶來的美好與閒適。談笑間，做母親的也暗暗珍惜著單獨和兒子相處的韶光。

歲月，就這樣隨著一次次堤道上的往返而流逝，而兒子也隨著歲月的流逝而成長。湖泊無言，寬慰恆在，多少年來見證著他面對了人生更多、更複雜的課題與挑戰。這其中有苦，自然還有更多的樂。

與我們母子相較起來，先生對此湖的喜愛只有過之而無不及。

除了每回過湖必對藍天白雲、水面如鏡的美景讚嘆有加之外，他還經常惦記著湖裡為數可觀的各色游魚。據說這個大湖是自來水公司所擁有的水庫，凡在此垂釣者除了須持有紐澤西州的釣魚執照之外，還得每年向自來水公司購買釣魚許可。每當寒冬過去，春風吹起，先生便起了聯繫繳費的念頭，可惜春去秋來，年復一年，至今卻還未有實際的行動。

又到了大地回春，梨花怒放的時候了。每日堤道上緩緩前進的車輛，無不對著兩旁美麗的梨樹行注目禮。讚嘆之餘，仔細回想起來，除了梨花開得一年比一年繁茂之外，這湖四季周而復始的景緻多年來並無太大的變化。倒是歷經歲月的洗禮之後，觀湖賞花的人們心境漸趨成熟豁達了，無可奈何地出現了星星點點的華髮，而原本憨狀可掬的小孩卻已長成了有主見、有理想的年輕人了。

（二〇一二年六月十一日　世界日報副刊）

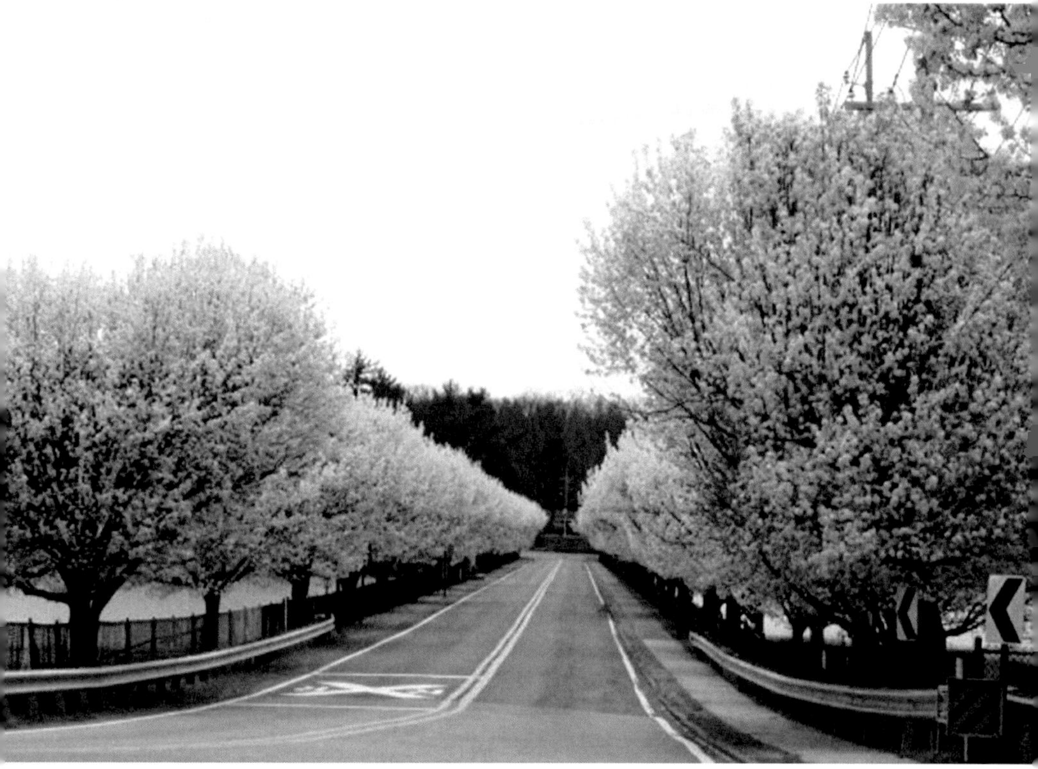

▍每年初春，堤道兩旁的梨樹不約而同漫天花開，遠看像是枝頭一片白茫茫的雪景。

童年小詩

每個人的童年都有一些難忘的故事，經過了歲月的淘洗，遙遠的往事變得溫馨有趣了，同時，我們也領略出某些片段在我們一生當中的意義。

記得小學四年級的時候，有一天我們在做算術練習題，而老師在第一排靠窗的課桌上批改日記。同學們都埋頭演算，十分專心。突然傳來了一聲：「梁櫻櫻，妳過來！」我愣了一下，抬頭張望，看到老師正目不轉睛地看著我。

微微發福的身材，紅紅的臉，銅鈴大眼，不怒自威，這是我對老師永不磨滅的印象。在這之前，已有一位同學的日記本被老師從窗口扔出去了，這樣的時刻，最怕聽到的莫過於自己的名字。此時的我彷彿大難臨頭，不知怎的，四周竟變得格外地寂靜，突顯了這顆心狂跳不已，咚咚咚的。

儘管忐忑不安，雙腳依然不自覺地向老師走去，好像在走向未知的命運，也像在揭開一個謎底。

「昨天寫日記了嗎？」一來到老師面前，老師刻不容緩地發問。日記是老師規定的功課之一，豈有不寫之理？狀似鎮定的我立即點頭答道：「寫了。」

「記得昨天寫些什麼嗎？」這問題讓人覺得意外，不像是平日老師會問的問題，我凝神一想，還好昨晚的日記「字斟句酌」頗費了一番功夫，此時自然是記憶猶新了。

「能不能把妳寫的背出來呢？」背出來嗎？沒料到老師會有這樣的要求，然而，容不得我遲疑，說背也就一字一句背了起來。

昨晚，在陽台上看到滿天的星斗閃閃爍爍的，美麗極了！從小就跟阿嬤很親，想到過世的阿嬤正在天上眷顧著我們，心頭一陣感動，忍不住就把那份懷念寫進了日記裡。記得當時已開始閱讀國語日報了，在報上讀過幾首小詩，我心血來潮，也琢磨著讓句子分行押韻呢！

小詩不長，面對著老師，我順利地背完了。這時候，老師的雙眼由銳利轉為溫和，突然從矮小的課桌後面站了起來，瞬間成了一個龐然大物，我慌忙倒退了兩步。

仰望著老師，心裡還有幾分的畏懼，然而老師臉上的線條已經變得柔和了，聲音也和藹了許多。她向全班同學誇獎了我，同時還解釋為何要我背出昨晚所寫的小詩。既然背得出來，這就說明小詩是我自己寫的。在熱烈的鼓掌聲中，我徹底鬆了一口氣！原來老師並非不高興，相反地，還給予了正面的肯定呢！

不記得是怎麼回到座位的，只記得這是第一位在寫作上給予我鼓勵的老師，四年級的導師劉辰妹老師。偶然的塗鴉，偶然獲得的鼓勵，許多年過去了，相信班上的同學不會記得這件小事。然而，對我來說，這樣的經歷就像是一粒種子落在心田裡，在時光中，它悄悄地萌芽，從此慢慢地成長了。

（二〇一九年八月一日　台灣時報副刊）

儘管兒時的三輪車已經閒置一旁，童年的某些片段卻持續影響著我們，對我們的一生有不可磨滅的意義。

聖誕卡的回憶

時光荏苒，一年一度的聖誕和新年慶祝活動，就在朋友們齊聚一堂的歡聲笑語中圓滿地結束了。而這幾日，溫馨璀璨的聖誕夜景也已經接近尾聲。今晚，家裡撤下了綵燈裝飾，收拾起聖誕樹和聖誕花環，同時也將收到的聖誕卡放入專用的大盒子裡保存。

從小就有收集卡片的習慣，朋友們送的賀卡就像是一份友誼的承諾，上面滿載著熱烈而誠摯的祝福，向來都十分珍惜。不曉得從前送出去的卡片，朋友們最終做何處置了？長久以來，我倒是珍藏著每一張賀卡。美麗的圖案，娟秀的字跡，見卡如見其人。每一張卡片都能勾起一段美好的回憶，都有它背後動人、感人的故事。

打從感恩節過後，書局和禮品店就擺出了各式各樣花花綠綠的聖誕卡，率先為慶祝聖誕揭開了序幕。在電腦科技的時代裡，網上的電子卡更是別出心裁，生動有趣。琳琅滿目的花樣也總在推陳出新，一年比一年精彩、富有創意。那天在網上瀏覽電子卡時，看到幾張特別為小朋友製作的動畫卡片，內容充滿了童趣，就連大人看了也不禁莞爾。在美國，聖誕節是小朋友最喜歡的節日，家族歡聚的熱鬧和獲得禮物的欣喜，這些都會讓孩子們對這個節日充滿期待。可是，在這個富裕的年代裡，不曉得小朋友是否還有畫聖誕卡的熱情呢？

遙想西風東漸的童年時代，每逢此時，班上幾個平日喜愛畫畫的同學，就像事先約好了似的，紛紛忙碌了起來。那些年，我總愛和連凱英坐在一起畫聖誕卡。下課吃過便當之後，只見我倆一聲不響地埋首作畫。通常我們會使用一張稍厚一點的圖畫紙，經過適當地裁剪之後再對摺。我們就在這張本來無一物的白紙上，細細地描繪著從童書和市面上的卡片看來的聖誕景象。鉛筆、色筆、蠟筆、剪刀、漿糊和黏膠是必備的工具。媽媽用剩的毛線、鈕扣，甚至從舊童裝上摘下來的蝴蝶結，都可以拿來黏貼在卡片上，成為與眾不同、鮮活別緻的裝飾。

連凱英是從泰國轉學來太平國小的學生，文靜漂亮，是個心靈手巧的好女孩。記憶裡她畫的聖誕老人肚子圓滾滾的，以至於那條黑皮帶看起來勒得好緊，眼看著就要迸開了！她畫的聖誕鈴總是金黃成對，特別有立體感，高高地懸掛在卡片的左上角或是右上方，並搭配以墨綠的聖誕葉和鮮紅的蝴蝶結。每當她畫得特別好時，我總喜歡在一旁模仿她畫。不曉得我的繪畫能力是否因而提高了，只知道兩人一塊兒畫卡片真是快樂無比，我願意永遠這樣畫下去！

當我們專心畫著卡片時，學校旁邊的兩家文具店「哈哈笑」和「咪咪笑」已經開始出售聖誕卡了。有些卡面還鋪灑著五彩的亮粉，十分討人喜歡。然而，由於口袋裡的零用錢少得可憐，而且繪製卡片確實是太令人著迷的遊戲了，所以每到十二月份，走廊上一向熱衷跳橡皮筋的我不參加了，教室裡同學們帶來的沙包，我也不玩了，一有空我就和連凱英埋頭為班上心儀的同學畫卡片。畫著，畫著，把對聖誕老人的深信不移，和對美麗的聖誕裝飾的憧憬都畫進卡片裡了。大功告成之後，思忖一番，添上幾句真誠的祝福，再放入事先糊好的大信封裡，就高高興興地拿去獻給同學了。我倆互贈一兩張精心繪製的卡片，那更是再自然不過的事。

回想兒時童稚的筆觸和那份友愛的心思，內心對童年建立起來的友情便有無限的懷念。小學畢業之後，好友連凱英再度移居泰國，我倆通信了五六年之久，後來不知何故竟然不了了之了。

許多年後，每當我念及遠方的友人時，總會看到那一棵棵掛滿了綵球的聖誕樹，小樹上纏繞著一圈圈、一串串五彩的小圓珠，樹尖上並畫龍點睛似地點綴著一顆金色發亮的大星星。也會看到原野上矮矮的房舍中央有一扇門，門上掛著帶有紅色蝴蝶結的聖誕花環。門旁有個「田」字形的窗扉，窗內粉紅的窗簾半掩，露出了燈火幾許。再往屋頂上看去，炊煙正從老舊的煙囪中裊裊升起，升到了高處，終於與夕陽的餘暉融合了，構成了一幅彷彿永不褪色的圖畫。

這也是我對聖誕卡最遙遠、最甜美的記憶了。

（二〇一三年一月十四日　世界日報副刊）

▍上：每一次的回想，就好像在鞏固那份記憶一樣，生怕美好的過往在忙碌的人生中流失了。

▍下：有一回圖書館展出收藏的明信片，根據上面的解說，聖誕明信片是聖誕卡的前身。它的「全盛時期」是從1893年第一張圖畫明信片的問世，一直到二十世紀初期的二三十年間。這些明信片經過了歲月的淘洗，依然清晰地刻劃著一百年多前人們生活的樣貌，也默默陳述著相互之間的祝福和想望。時代的印記會改變，但平安喜樂卻是老百姓們永恆的祝願。

蔥油餅香

每個人的一生在飲食上的偏愛，我想，往往都跟童年的經歷和喜好有關。

幾天前，朋友送了三包冷凍的印度洋蔥煎餅。小火上，我們用了一點熱油來煎。薄薄的煎餅只需五分鐘的工夫，兩面就呈金黃了。

平時並沒有購買冷凍食品回來煎煮的習慣，尤其是不熟悉的其他族裔的產品。然而這次初嚐印度煎餅，它的酥脆可口卻使我喜出望外。頃刻間瀰漫在廚房裡的香味，竟像是台灣的蔥油餅經熱油激發出來的青蔥香氣，頓時便是一陣濃濃的思鄉之情。隔日即驅車前往華人開的超市，火速買來了「義美冷凍蔥油餅」和「金品手工烙餅」，期待著煎出來的效果也能和這印度煎餅一樣的深得我心。

當晚我們在廚房裡邊煎邊吃，一口氣每人吃掉了三張，權當是晚飯了。小火煎出來的蔥油餅外皮酥脆，內裡柔軟，再搭配上蒜辣醬之後，那滋味和口感與記憶深處的油炸蔥油餅相去不遠，也較印度洋蔥煎餅更為好吃。尤其是那股撲鼻而來的青蔥味道，更讓我再度想起兒時退伍軍人賣的蔥油餅來。

蔥油餅是民間極為普遍的小吃，台灣由北至南就有多種不同的做法。中國大陸各地在材料和做法上，也有它的地域性。外子平時從和麵做起的蔥油餅，都是以適量的油在火上蓋鍋烙熟的。他做的餅約有半公分厚，外皮也是酥脆可口，內裡則是層次分明。蔥總是放得夠多，鹽也恰到好處。然而實際上，坦率地說，我更懷念的是兒時三重埔菜市場附近，那位退伍軍人油炸的那種薄薄的蔥油餅。

記得那位相貌不俗、只幹活、話不多的退伍軍人，每日清晨總是單槍匹馬在熙來攘往的菜市場邊，微弓著身子忙著擀那一片又一片的蔥油餅。攤位上有幾個長方形的鐵盤，裡面用泛黃了的布塊覆蓋著事先預備好的蔥油麵團。每當他掀開布塊的一角，拿出幾個麵團來用的時候，我們可以瞥見布塊底下整整齊齊排列著許多大小一致的麵團，就像是一列列訓練有素的小士兵一樣，也像是我們後來得知的兵馬俑。

時常看見他用右手掌將捲過蔥末的麵團壓扁，一眨眼的工夫就將它擀成直徑約二十五公分大小的圓形薄片，緊接著便在顧客們的齊心注視之下，雙手熟練地拿起薄片往油鍋裡一放。只見薄片瞬間嗶嗶啵啵油炸了起來，頓時蔥香四溢，使得圍觀的大人小孩忍不住垂涎三尺，更加地迫不及待了。

記憶裡，蔥油餅的攤位前，總有幾位街坊鄰居耐心地等候著，擀麵和油炸的過程則讓等候也有了幾分趣味。看他總是十分忙碌，在顧客們的期待之下，手中的活兒一刻也無法停下來。要一直等到麵團全數用盡的時候，他才得以收工回家休息。

小時候並非總能吃得上蔥油餅，媽媽偶爾買了，我們都特別開心。不記得那位退伍的先生是何時開始在那兒擺攤的，只記得有一回去到那兒，卻發現他的攤子不見了。一天兩天過去了，一個月兩個月過去了，從此就沒有再回來過。

離開舊居之後，雖然也買過別家的蔥油餅，但總覺得做得不夠道地，不是嫌人家的餅太厚，就是嫌蔥放得少了。總之，還是童年時候那位退伍軍人做的蔥油餅最合我的口味，也最令人懷念。

回想起來，早年隨部隊到台灣的他總是獨來獨往，從未見過攤位上有過什麼幫手。而他也不是個善於言語的人，只是勤勤懇懇憑一技之長來討生活，或許正因為如此，更加深了我對他的印象。多少年來那埋首苦幹的身影始終鮮活地停駐在我心裡，好像成了故鄉的一部分，始終未曾模糊過。想到蔥油餅的時候，就會想到那老實憨厚的面容，那認命吃苦的堅毅，那忙著擀餅的勤快勁兒，還有那令人回味一生的蔥油餅香。

（二〇一一年三月五日　世界日報副刊）

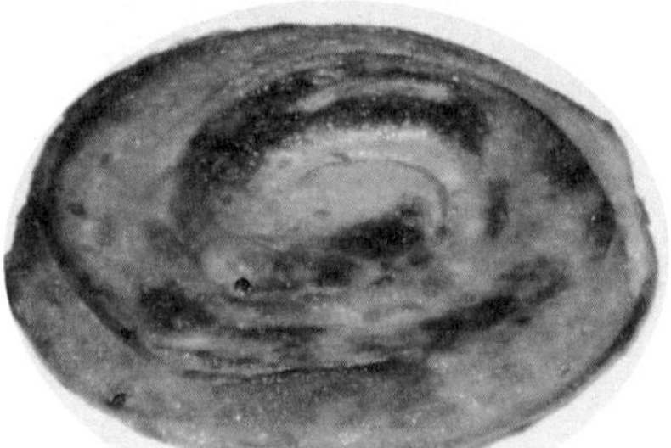

上：煎一片義美的冷凍蔥油餅，廚房裡頓時瀰漫起懷念的青蔥香氣。

下：小火煎出來的蔥油餅外皮酥脆，內裡柔軟，再搭配上蒜辣醬之後，那滋味和口感與記憶深處的油炸蔥油餅相去不遠，確實可解思鄉之愁。

夢回家園

平日夜裡總是極少做夢，一般情況之下都是一覺到天明。如若有夢，無非就是夢見了家鄉事，觸動了故鄉情。

在夢境裡，我總是搭乘擁擠的十四號公車回三重埔，推推擠擠，勉強能夠站在車掌小姐的身旁。過了太平國小，再走完跨越淡水河的台北橋之後，沿途的商家和景物竟頓時變得好陌生，和這些年來的記憶並不相同，於是緊張地辨識著究竟該在哪一站下車，才能順利地回到我們舊日的家園。

公車開開停停，無奈在所有歸鄉的夢裡我總是下錯了站。好不容易突破重圍擠下車來，一看四周不對勁便慌張了起來，在空無一人的街道上東張西望，尋尋覓覓，孤單無助地摸索著回家的路。更遺憾的是每回總在找到老家之前就醒了過來，之後便是好一陣子的惆悵。

那年小學畢業，在預備唸國中的那個暑假裡，舅舅幫我買了兩張唱片。一張是基礎英語，是個洋人教英文字母、音標和國中英語第一冊。另一張則是鋼琴小品集，裡面收錄貝多芬的《給愛麗絲》、《月光曲》和舒曼《兒時情景》中的《夢幻曲》等等世界名曲。正當班上同學一窩蜂到補習班參加國中英語課程，準備「贏在起跑點上」的時候，我毫不猶豫地守在光明路的老家土法煉鋼。藉助舅舅買的英語唱片，按部就班地反覆練習，直到學會了字母音標的準確發音和書寫。除此之外，也喜歡一邊聽著生平擁有的第一張唱片，一邊閱讀張秀亞的《北窗下》。

那是個自由愉悅的假期，小學唸完了，而中學尚未開始。我讀書寫字的那個房間，多數時候坐著哥哥與我兩人，我們各自沉浸在自己的世界裡，誰也不干擾誰。我的書桌面對著一扇小窗，窗邊有一部黑色的電話機，記憶裡，總有許多打來找爸媽的鈴聲響起。

離家不遠處即是三重國中，傍晚時分，我經常獨自往彩霞滿天的操場走去。一邊散步，一邊體會書中經常描繪的日落美景，也學習用心傾聽黃昏倦鳥的歸啼。就在那個時候，我獨自跌跌撞撞學會了騎腳踏車，來回繞行，樂此不疲。

光明路的那些年，為了生活和攢錢，爸媽經常都很忙碌。颱風來襲的時候，豪雨成災，家裡還因此進過水，至今仍有桌椅漂浮水面的記憶。當時我們住樓下，阿公、舅舅和阿姨就住在樓上。記得阿姨有時會唸報上的文章給我聽，閒時還會教我唱一些藝術歌曲。

對我們三個小孩而言，博學風趣的舅舅扮演的是亦師亦友的角色。我們常向舅舅請教課業上的問題，在文學、音樂和書法各方面也不知不覺耳濡目染，受到了良好的啟蒙，可說是終身受用不盡。

想起老家的時候，便會想起深夜裡包子和粽子的叫賣聲，想起父母與左鄰右舍的守望相助，也想起失散了多年的童年玩伴。在我們的生活逐漸步入小康的那些年間，物質上雖不富裕，過得卻是有滋有味，充滿了盼望。事過境遷才知道有苦有樂的日子百味雜陳，卻是記憶中最值得珍惜的寶藏。

從童年邁向少年的進程中，在父母和長輩們的庇蔭下，就在那個充滿回憶的房子裡，我展開了牙牙學英語的歷程，初初嘗試了對文學的探索，也逐漸在優美的旋律中捕捉到了屬於自己的音符。走筆至此，似乎有點兒明白了何以多年之後，縱然人事已非，隔著千重山，萬重水，我依然執意地還要夢見，還要掙扎著尋回往日溫馨可愛的家園。

（二〇〇九年十二月二十日　世界日報副刊）

回想爸媽辛苦的年代，以汗水爭取到小康的生活，同時也將親情更緊密的連結在一起。

伴隨一生的回憶

童年是在三重埔的巷子裡度過的，多少年來魂牽夢縈，那是故鄉中的故鄉。許多年後，我和母親搭上了捷運，懷著久別返鄉的心情，就像去探訪一位闊別多年的老友，我們期待著回到最初結識的地方。

那是一個春日的午後，我倆在菜寮站下了車，邊走邊留意著沿途的變化。這麼多年過去了，四周的景物自然變得陌生了，然而還是順利地找到了那個刻骨銘心的數字，兩人同時在三十二巷三十四弄的巷口停住了腳步，直愣愣地看著眼前那條窄窄的巷子。記憶裡樸實的兩層樓房改建了，加蓋了之後，顯然又穿上了歲月的衣裳。摩托車的充斥是過去沒有的現象，一部挨著一部停在路旁，好像在告訴我們生活如何的不易，早出晚歸也都很平常。

再往前走幾步，抬頭一看，幾根晾衣服的竹竿依然架在兩排樓房之間。想當年，艷陽高照的日子裡，有些人家會把衣服晾在那兒隨風款擺，一旦西北雨來襲，陽台上就會掀起一陣忙亂了。還記得有一年颱風淹大水，家家戶戶被困在二樓。對面好心的阿婆煮了一鍋米飯，當時便是靠著這樣的一根竹竿輸送了過來。米飯裡面點綴著花生，顆顆都是恩情。母親找出前一晚剩下的一個鹹魚頭，三個孩子便開心地吃了起來，就這樣度過了一個風狂雨驟的夜晚。

平日，母親總在二樓後面的那個陽台晾衣服，有時也會曬一些蘿蔔條。記憶裡，陽台上擺著幾個盆栽，若再添加一點想像，那便是我的祕密花園了。有一陣子，得空便在外頭尋覓，幸運的話就能撿著幾個小石子，積少成多，逐漸環繞著盆栽鋪排了起來。還記得兒時的情景，抱著洋娃娃在「花園」裡來回漫步，哼著小曲兒，無憂無慮地享受著我的「鳥語花香」。

這條小巷，曾經是我對生活最初的印象。小時候，曾在這兒呼朋引伴扮家家酒，也曾追逐嬉戲玩捉迷藏。在鄰家阿伯的客廳裡，我看到了生平第一個卡通節目。幾個平日好動的小孩安靜了下來，個個看得目不轉睛。而更多的時候，我們站到鄰家的鐵窗上觀看，兩手緊緊抓著窗欄，如此也能看得不亦樂乎。

巷子雖小，卻常有一些穿街過巷的小販來往。冬夜裡賣麵茶的、賣肉粽的，夏日裡賣綠豆米苔目的、賣芋頭冰淇淋的，還有不定期來收破銅爛鐵的、收舊報紙的、修理門窗的，他們的叫賣也為小巷添增了不少生活的氣息，聲聲迴盪在我日後的回憶裡。

人的一生總要經歷數個階段，或多或少也要經過幾次的遷徙。以我個人來說，在台灣住過四個地方，在美國則有八個地方之多。回想起來，每回搬家都是胸有成竹，認為自己是朝著更好的生活環境邁進。然而，東搬西遷，舊居的生活點滴總有令人懷念之處，就像人生的每個階段都會有它正面的意義。感謝父母，兒時的生活雖不富裕，有限的物資卻讓我更懂得珍惜。昔日的小巷雖是狹窄簡陋，但是雞犬相聞，守望相助，就連孩子們也建立了友誼。曾在那兒結伴提過燈籠，也曾圍觀聞過爆米香，那樣的生活溫馨而豐富，不知不覺就成了伴隨一生的回憶。

滄海桑田，人事變遷。這回和母親重返故里，駐足於難以辨識的舊居門前，雖然找不到記憶中的一磚一瓦了，但我知道，父母曾在這裡建立過我們最初的家園，而我也曾在這裡度過了一個有趣的童年。往日的街坊鄰居多已搬走了，然而小巷不會因此而荒蕪；相反地，會因為新舊交替、人來人往而更加地有活力，生生不息。

（二〇一八年五月十六日　台灣時報副刊）

▌故鄉的羊蹄甲，今後只有返鄉才能與你重逢了。

令人感恩的車禍

入冬以來緊密的幾番風雪，使得公路兩旁高高地堆著連日來的積雪，綿延不絕，就像是兩列白雪皚皚的小型山脈一樣。記得當日的氣溫偏低，路面上還有一些尚未化掉的冰雪，再加上路旁的積雪佔用了部分路面，使得右線車道較平日狹窄了一些。在這樣的路況之下駕車，尤其需要駕駛者的聚精會神和車輛之間的相互禮讓，以減少意外事故的發生。

當時我正在下班回家的路上，剛上了四號公路的右線道沒多久。由於我的休旅車車身較高，遠遠地就瞧見了一輛黑色的轎車停在雪堆的後頭，露出半個車頭和較靠近車頂的部分，準備伺機進入我的這一線道。按照常理，他應該等我通過後再駛入線道，怎料就在我即將開到他的跟前時，那車子卻突然動了起來。平時這種情形，若是他的身手矯捷，倒也有可能搶在我的前頭，來個捷足先登，而後呼嘯而去。無奈當時或許是身處的入口路滑的緣故，他的車子竟是慢吞吞地挪進來。眼見著就要撞上了，我忙瞄了一眼側視鏡，看到左後方不遠處有一部白色的車子。千鈞一髮之際，只好將方向盤稍稍打左，再回正，設法避開眼前的這部黑車。

就在這時候，耳邊傳出「啪」地一聲巨響，緊接著就看到原本在左後方的那部白色的休旅車開到了我的前面。很顯然的，我雖躲過了右方那輛黑色的入侵者，卻撞到了左線道上的車子了。

事情既然發生了，只好冷靜面對了。那部白色的休旅車往前開到分叉路口的斜線區上，我也尾隨過去。同時從後視鏡瞥見那部「肇事」的黑車正事不關己地開向分岔路，輕輕鬆鬆地揚長而去了。

停妥車之後，我因撞到了別人的車而心懷愧疚，但首先還是得先給自己的車子「驗傷」。前前後後巡視了一遍，令我感到意外的是車身居然毫髮無傷，完好如初。唯一出現的狀況是側視鏡被扳向反方向了，我將它轉正，隨即走向那位正在檢查車子的駕駛者。只見她前後看了一遍之後，面帶微笑地走了過來。那是一位約莫六十歲左右的美國婦女，中等身材，慈眉善目的臉上展現著和藹的神情。

原來正當我設法躲開黑車的時候，這位太太恰巧正在加速換向我這車道，她想開到我前方的位置。事情發生的那一剎那，她也注意到了那部黑車不期然的入侵，卻已經來不及閃躲我那稍稍偏左的車身了。如今回想起來，想必我的車身越界了，否則不會有此碰撞。值得慶幸的是，她那部嶄新的車子也是毫髮無傷。由於我倆的休旅車 高度相當，那一聲巨響是來自兩車側視鏡的相互撞擊，僅此而已。

"It could have been a serious accident."（「這有可能造成一次嚴重的車禍。」）這位舉止從容的太太意味深長地說。言談之間，看到她的車上還載著一位較為年長的女士，如果事發當時我的車身更為偏左一點的話，兩車的撞擊就會慘烈得多，那就不僅僅是車身損失的問題了，其後果更是不堪設想。

在我們互道珍重之前，我為方才引起她們的驚嚇而致歉，也為她們的理解而感謝。最後這位太太的一句"Thank you for stopping."（「謝謝你停下車來。」）結束了我們的萍水相逢。

在彼此的道謝聲中告別之後，我回到了駕駛座上，再次把住了方向盤。或許是驚魂甫定，餘悸猶存的緣故，兩車一前一後開得特別地慢，只見她在不久之後的一個出口就離去了。望著白車離去的背影，我打從心底感謝這位素昧平生的太太，她用那寬容的態度和幾句溫暖我心的安慰來處理這次的事故。

質樸飽滿的外型，溫馨可愛的色彩，南瓜的季節總是喚起了感恩的情懷。

人生在世，儘管我們循規蹈矩，與世無爭，儘管我們過著採菊東籬下的日子，生活裡偶爾還是會有意外事件的發生，也依然會有諸如此類飛來的橫禍。這次的經驗，使我如今開起車來較以往更加留心謹慎，以期防範於未然。而這次歷劫卻得以安然度過危險，這樣的恩典，則使我由衷加倍地謙卑，加倍地感恩。

（二〇一一年四月二十二日　世界日報副刊）

捨不得

早晨出門之前，先生將笨重的冰箱使勁往外挪動了出來，好讓我側身伸手到冰箱後頭將插頭拔下。算起來上一回插上插頭已是十二年前了，心想遇事果斷、行動積極的先生此刻沒有絲毫的感觸嗎？

我的人生裡有許多的捨不得。這種輕微的感傷有它的好，也有它的不好。捨不得丟棄從家鄉帶回來的塑膠袋，甚至捨不得使用它，即便是極普通的那種袋子。用心看著那近乎透明的塑膠袋上紅色的條紋，遙想家鄉老百姓提著這樣一袋袋魚肉蔬果穿梭於東門市場時，交織著叫賣聲與交易聲的那份熟悉的生活氣息，家鄉的大地因之並非遙不可及。

捨不得隨意丟棄過期的雜誌。總是慨嘆圖文並茂，集結成書，談何容易？更何況其中部分文章確實有保存的價值。常猶豫於保留與丟棄的兩難之間，其結果往往是承諾似地認定將來閒暇的時候，當可重新翻閱溫習。儘管多年來並未有過「閒暇的時候」。

捨不得人間的分離。那一年進入嚴冬之後，我們養了十個月的一對小鳥不知何故羽毛開始脫落，最後竟然相繼離開了人世。記得當時我和兒子都很難過，流著淚將牠們埋在後院的樹下。事後推測，由於白天我們上班上學去了，家裡暖氣開得遠遠不夠，小鳥很可能因此而凍死了。

另外，三年前的一個酷熱的夏日，下班回到了家裡，我像往常一樣，邊喚著："Fishy Fishy..." 邊走近魚缸，準備餵食。平時牠們一聽到呼喚，便會一窩蜂興沖沖地游到我的面前，一副嗷嗷待哺的樣子。怎料那日看到的不是活潑可愛的魚兒們，而是浮屍水面的九條小金魚！看得我目瞪口呆，錯愕萬分，緊接著便是好一陣子的難過與不解。早晨出門前，不是還好好的嗎？事後，我們判斷性喜冷水的金魚可能是被熱死的，因為那日熱浪來襲，最高氣溫是華氏九十七度。

上述這兩件事，每每回想便十分地不捨，畢竟失去的不僅僅是兩隻小鳥和九條金魚而已，牠們是我們朝夕相處的同伴，是家園之所以溫馨的重要元素，自然也是家庭的成員。我如何能對小動物們的戛然而逝無動於衷呢？

我的一生裡，也常因為用慣了一樣東西，一旦用壞了，便十分地捨不得。小至一件衣服，大至這台服務了十二載，功成身退的惠而浦冰箱。自從發覺冰箱不冷，也無法結冰之後，先生便決定著手選購一台新的，可我的心裡卻是好生捨不得。明知買一台新的比請人修理來得划算又保險，可我還是需要一點時間，經歷從捨不得到放下的過程。說起來這是我們唯一買過的一台冰箱，陪伴著我們走過了十二年的悲歡歲月。當年一家三口剛搬入新家，從插上插頭的那一刻起，它便日以繼夜、夜以繼日默默地工作，提供了生活上多少的方便，見證了生活中多少的喜怒哀樂。我喜歡它的外表，更欣賞它的功能。然而，一刻不曾想到過它也有做不動的時候。

沒有了正常運作的冰箱，生活頓時出現了部分的癱瘓，物色冰箱於是成為迫在眉睫的當務之急。除了上網查詢之外，我們也到店裡尋找比較。或許是「捨不得」的心態驅使，最終決定購買同一品牌且款式雷同的冰箱來取而代之。這會兒，我的心總算塵埃落定，好受了許多。約好了星期六就送貨來，同時也會搬走舊冰箱。今晚福至心靈，懷著感恩的心，給老冰箱拍照留念。在美國開創新生活的日子裡，我們曾經不能一日無它。

人們都說：「捨得捨得，沒有捨，哪有得？」人生的種種際

人的一生就是不斷地在經歷捨和得，有捨才有得。捨得捨，生命才有可能煥然一新。

遇，若能汲取捨得與放下的智慧，泰然處之，是否就能給予自己一個更為自由寬廣的心靈空間呢？

（二〇〇九年十月四日　世界日報副刊）

阿甘

時光荏苒，四時更迭。當我再度來到佛蒙特州的珍妮農場（Jenne Farm）時，春日的蒲公英和夏日的麥浪已成了回憶，玉米地和大豆田也都先後收成了。一轉眼，又到了金菊吐絲、丹桂飄香的時節。

珍妮農場的景緻優美，是當年拍攝奧斯卡金像獎最佳影片《阿甘正傳》（Forrest Gump）的外景地之一。在這部一九九四年的電影裡，著名演員湯姆漢克斯成功地塑造了阿甘令人難忘的形象，單純而信實。當故事主人翁從阿拉巴馬州的小鎮，千里迢迢一路跑到這裡的時候，也是這樣一個楓紅層層、西風葉落的時節。屈指算來，二十二個年頭倏忽而逝，然而提到這部電影的時候，人們總是面帶著微笑，等到話匣子一打開，就會對故事的情節津津樂道了。很顯然地，這些年來，阿甘單純的心思和那股傻勁依然留存在人們的心底。

儘管並不是一個頂聰明的人，阿甘卻懂得愛，也懂得信靠母親和珍妮。若沒有那樣慈愛而智慧的母親，或許就沒有善良而勇敢的阿甘。若沒有珍妮青梅竹馬的感情，他就會有一個孤單的童年，甚至還會有一段無助的青春年少。珍妮不忍心看他被人欺負，總是叮囑他不要逞能。遇到被人捉弄的時候，只要拼命地逃跑，跑得遠遠的就好了。然而，他這一跑就跑出了潛能，也因此用自己的方式開創了獨特的人生。往往是因為真心的相信，一句話就能在他身上產生源源不絕的力量。靠著母親和珍妮的幾句話，他也就能安身立命了。

深秋晴日，一路秋山紅葉，兩百哩路便來到了當年電影取景的農場。睽違多年了，眼前一度朱紅的農舍陳舊了，然而放眼望去，季節卻讓原野換上了新裝。幾頭老牛不理世事，依然默默低頭吃著草，謹守著本份別無他求，似乎也無視於寒來暑往歲月的風霜。

我站在山坡上，俯視著這片秋色斑爛的原野。想起了阿甘，也就想起了他念念不忘的珍妮。儘管珍妮的心思較為複雜，為了夢想而在異地生活得跌跌撞撞，阿甘卻始終不曾動搖對她的那份真摯的情感。春去秋來，多少次的聚散，也不曾見他徬徨或者沮喪。

想起了阿甘，彷彿看見他仍和往日一樣，從樹林後面的小路認真地跑過，跑過了收割後的小麥田，再跑過剛翻過土的菸草地。他一路輕盈地跑著，昨日沒有成為他的包袱，過往也被他拋在腦後。只是一心朝著標杆直跑，眼前盡是一片光明。

（二〇一六年十一月二十三日　台灣時報副刊）

上：佛蒙特州的珍妮農場是當年拍攝《阿甘正傳》（Forrest Gump）的外景地之一。

下：當阿甘從阿拉巴馬州的小鎮，千里迢迢一路跑到這裡的時候，也是這樣一個秋水潺湲、西風葉落的時節。

童話故事背後的赤子之心——從電影《波特小姐》看其人其書

“There's something delicious about writing those first few words of a story.
You can never quite tell where they'll take you.
Mine took me here...where I belong.”

「著手寫一個故事的開頭幾個字時，總是很有趣的。
你並不十分確定這個故事將帶領你到哪裡，
而我的故事總是帶我來到了這兒…我屬於這裡。」

這是二〇〇七年放映的電影《波特小姐》（Miss Potter）開頭和結尾的一小段獨白。隨著這段獨白，觀眾看到了英格蘭大湖區如詩似畫的美景。連綿的山丘環抱著碧綠的湖水，無垠的如茵綠草上清風徐來。含笑間，不知想到了什麼，只見波特小姐低下頭來，執筆一字字慢慢書寫。這時候，她那俯首寫作的柔和身影便悄悄融入了優美的湖光山色，成為詩情畫意的一部分。

幾日前，偶然在圖書館的櫃台上看到童話書《彼得兔的故事》（The Tale of Peter Rabbit），想起了兩年前看過的那部佳評如潮的經典之作《波特小姐》（Miss Potter）。一時興起，轉身走到排放DVD的書架前，取下了電影就借回家看。在欣賞的過程當中，還是覺得那麼的溫馨幽默，敦厚感人，確實是一部值得一看再看的好片。

電影《波特小姐》講述的是英國著名兒童文學家碧翠克絲・波特（Beatrix Potter）一生的故事。波特生於一八六六年，卒於一九四三年。她從小生長在維多利亞時期的倫敦，一個傳統保守的新中產階級家庭。在女權不彰的時代，波特的價值觀和人生觀卻是極為先進的。在她的那個年代，一般女子一生的職務是學會做好家事和尋找理想的歸宿，然而波特不願屈服於所謂的「門當戶對」，更不願庸庸碌碌依附於男人度過一生。童心未泯的她運用自己在說故事和繪畫上無比的熱情和才華，以一生最美好的時間，在兒童文學的領域裡開拓出一片新的天地。

她的想像力豐沛，觀察入微，而她對生活的態度又是那麼的積極和執著。憑著赤子之心和鍥而不捨的努力，做為敲門磚的第一本《彼得兔的故事》終於在一九〇二年順利地出版，並廣受讀者們的青睞。同時，與出版商諾曼・沃恩（Norman Warne）長期合作的結果，也自然地發展出一段誠摯的感情來。

整部電影最美的部分是波特與諾曼生前的那段愛情故事。導演克里斯・奴南（Chris Noonan）是站在那個時代的角度來處理這段往事的，因此，他們的感情流露出來的是含蓄的表白，是表白之前的惴惴不安，是發乎情而止乎禮。在他們分離的那段日子裡，彼此將思念託付了青鳥，透過頻繁的書信往返，他們分享著生活裡至為平凡的點點滴滴。寫信與讀信於是成了快樂的泉源，後來諾曼不幸因病猝然離世，對波特小姐的打擊之大也就可想而知了。

單純執著的波特關起了房門，獨自在屋裡不吃不喝，忍受著椎心的痛楚。這一段，導演特別藉助動畫的表現來反應波特內心的悲痛無依。波特原想逃遁至熟悉的工作裡，可是她哪能如常作畫呢？就連白紙上一向親近的小動物，也都一溜煙躲了起來。彷彿一個原本美好的童話世界，因著遭逢巨變而破碎瓦解、分崩離析了。

悲痛使人心碎，然而，從悲痛當中走出來的波特卻比任何時候都更堅強，也更有作為。她遠離了大城市倫敦，遷往昔日構思彼得兔的優美湖區。在大自然給予的療傷止痛和靈感激發之下，往後的人生裡，除了完成二十三本彼得兔系列的創作之外，也踏實地從事農場經營和優良種羊的培育。農牧是她與大自然交流的生活方式，而經由這種互動，心靈便尋找到了永恆的安適與快樂。在她四十七歲那一年，終於和童年好友威廉•黑利斯（William Heelis）締結連理。

作為一個兒童文學家和插畫家，波特在兒童文學史上的地位是屹立不搖的。她的第一本《彼得兔的故事》至今已經售出四千萬本英文本，無疑的，她是英國銷售量最大的童話作家。她的作品也被翻譯成三十多種其他語言，在世界各地都有廣大的兒童讀者群和成人收藏家。她筆下的動物，線條十分的柔和生動，構圖與色彩總是透露著溫馨和可愛，而故事情節則以幽默風趣為特色，因此雖歷經百年而魅力未減，依然受各國讀者們的鍾愛。

作為一個畢生與大自然為伍的作家，波特是個積極的環境保護者。特別是一九三〇年停止創作之後，她全心致力於保護英國鄉村的生態，以防止工業化的入侵污染。據說一九四三年辭世之前，她把多年來以版稅買下的湖區四千英畝的土地、十五座農場和一些小湖，全數捐給了以保護自然生態為己任的國民信託組織，此舉更加贏得了身後的美譽。

由這部電影可以看出碧翠克絲‧波特一生獨立自主，做她真正想做的事。她的赤子之心和擇善固執擺脫了傳統社會對女性的束縛，並無視於世間的虛華。她的作品伴隨著一代又一代的兒童成長，啟發他們對大自然和動植物的好奇與嚮往，滋潤著他們寶貴的童年時光。在嚴肅沉悶的維多利亞時代，這真是一位罕有的可親可敬的人物，既古典又現代。

（二〇〇九年十月十八日　世界日報副刊）

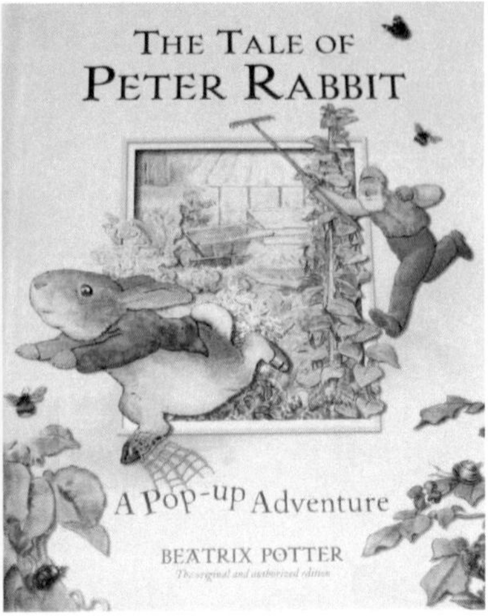

▌左：這是 2006 年為慶祝電影首映而出版的《彼得兔的故事》，這本是圖書館的藏書。該書的封面、插圖與文章格式皆仿照1902年第一版的樣式，出版社依然是當時的 Frederick Warne & Co.，方便有心人收藏。

▌右：簡潔細膩的筆觸，柔和明亮的色彩，波特的插圖總是這麼溫馨可愛，充滿著童趣，就連成人也愛不忍釋手。童話故事的背後，誠然是一顆真摯善良的赤子之心，不為俗世的是非所干擾。

卷二：滿溢著情趣的四時感懷

花開花落

北美的四季分明，生活在這兒，總能深切地體會到季節的變化和四時的推移。春日的桃紅柳綠，夏日的碧草如茵，秋日的南瓜成熟了，卻也是滿山楓紅、西風葉落的時節。到了冬日，枯樹寒枝，冰河蜿蜒，若得以登高望遠，便能一覽蒼涼遼闊的景緻了。

記得多年以前，曾經拜訪過一位中學時期的老師。當老師閒談起園中的花卉，說到「花開」二字的時候，身旁正在聆聽的女兒竟脫口而出「花開花落」四個字。那乖巧的模樣惹人疼愛，稚嫩的童音也讓人不覺莞爾。回想起來，那天真聰慧的女孩當年不過四五歲左右。或許是平日耳濡目染的緣故吧？有花開，必有花落。觸動成人內心的花開花落，不輕易言及的世間無常，從年幼的孩童口中說出，聽起來竟是如此的自然平常，就像是人生裡的許多事情一樣，也因此留給我極為深刻的印象。

這一路走來，每當人生有所起落的時候，往日這一幕便會來到心頭。人生之花總是開開落落，無不呼應著大自然的盛衰榮枯。正因為如此，花開切忌志得意滿，花落也無須黯然神傷，總是起落有時，潮來潮往。如同賓州雪地上的田園，此時雖是失去了夏日的盎

隆冬時節的賓州農家，白雪底下，秋日播種的冬小麥正孕育著強韌的生命力。

然綠意，剛翻過土的玉米地卻正韜光養晦，休養生息，為著下一期的耕種做準備。表面上看似無為，實際上卻是另一種作為。

隆冬時節的農家生活是寧靜的，皚皚白雪底下，秋日播種的冬小麥正孕育著強韌的生命力。它們彷彿默默等候著，一旦春來氣溫回升了，就會有足夠的條件加速成長。期盼中，四月可以欣賞撼動心弦的風吹麥浪，而五月的田間將會是一片動人的金黃，屆時便是豐收在望了。花落花又開，如此生生不息。

（二〇一七年二月二十五日　台灣時報副刊）

黎明時刻

很多時候，我們會感嘆時光的流逝，如同《論語》裡陽貨所說：「日月逝矣，歲不我與。」

然而，無論身處人生的哪個階段，黎明時刻總是帶來相反的感受，從黑暗到光明，那是一個嶄新的日子的開始，是一種獲得時間的感覺，而不是失去的悵然。

當夜的布幔輕輕揭開的時候，原野上還點綴著幽微的燈火。此時，喜歡眺望逐漸浮現輪廓的遠山，四周陰鬱的色彩變得稀薄了，黎明的身影便逐漸清晰了起來。天剛破曉，天際由深紫轉藍，再由藍不斷地稀釋變淡，淡到極淡了，原先墨黑的河水就會顯得清澈，水草中的魚兒也會醒轉過來。

麥田邊，幾戶農家和穀倉傍著小徑，安分守己度過了一個寧靜的夜晚。

而屋簷下的麻雀早已睜開睡眼，在窩裡吱吱喳喳追述著夢境。這樣的時刻，大地是清新而可愛的，就連鳥兒的啁啾也顯得格外稚嫩，讓人當下無限的喜悅和感恩。黎明如期帶來了時光，喚醒了活力，我們若是勇於創造，凡事都可以重新來過。

▍黎明如期帶來了時光，喚醒了活力，我們若是勇於創造，凡事都可以重新來過。

天全亮了，旭日就要從山的那頭升起，而遠處那盞老舊的街燈卻還亮著，彷彿知道日夜就是這般的輪轉，自有生命以來，從來就沒有永遠的黑暗。

（二〇一九年二月十三日　台灣時報副刊）

庭前的老樹

庭前的老樹，說起來，已歷經半個世紀的風霜雨雪和日昇月落了。然而，每個春天依然像是老樹的第一個春天一樣。對大自然的呼喚，它認真地回應著。

四月底，胭脂紅的蓓蕾一串串掛滿了枝頭，彷彿張燈結彩似的，熱烈歡迎著春回大地。五月初，禁不住春風再三的催促，花兒們終於擺脫了羞澀的束縛，紛紛展露出天真的笑靨。然而，從傾力綻放的那一刻起，原本的胭脂紅便悄悄地褪去了。

在這四季分明的國度裡，生存的挑戰，歲月的洗禮，庭前的老樹似乎甘之如飴。樹老而心不老，老樹的花兒是靈魂的詩歌，模樣清新淡雅，稚嫩可愛。陽光燦爛的日子裡，喜歡站在樹下，仰頭觀賞這些新生命的丰采。但願人生如庭前的老樹繁花似錦，花謝花開，生生不息。

（二〇一五年六月九日　台灣時報副刊）

老樹的花兒雖多，數不勝數，然而每一朵都很認真地綻放，從未看過哪朵敷衍了事，缺瓣少蕊的。

當鳥屋取代鳥籠

從學生時代至今，一直都很喜歡各種鳥兒。年少的時候，因為喜歡，就買了鳥籠來飼養牠們。給牠們買上等的鳥食，朝朝暮暮逗弄牠們，看著牠們可愛，盼著牠們好。夜裡還經常把鳥籠提到房裡做伴，一邊讀書，一邊瞧著牠們窩在一起的模樣。我若湊上前去，牠們就會機警地睜開雙眼，像是在問：「怎麼啦？怎麼還不睡？」鳥兒嬌小可愛，晨昏啁啾悅耳，經常帶給我無比幸福的感覺。

那一年踏出了國門，出國之前養的一對溫順的白文鳥，竟在我出國沒幾日就相繼死了。這只是巧合嗎？長途電話中，母親語露驚訝，似乎是感受到了牠們的靈性，卻又無法準確地形容，聞訊我也不禁悵然。

在美國，兒子小學的時候，家裡養的一對活潑的鳥兒不知何故也先後死了。那時候兒子還小，凡事都很認真，看著兒子言談間流露出的那份不捨，做母親的真有點不忍心。

許多年來，便決心不再養鳥了。然而，還是喜歡鳥兒，我們在前後院的樹上各掛了一個鳥屋，鳥屋的門廊上安裝著放鳥食的小容器。平日除了留意添加鳥食之外，並在一旁備有清水一小碗。由於食物的供應從不曾斷過，日子一久，鳥兒似乎也看明白了心意，總願意上我們家來。於是，倚窗觀鳥便成為我每日的樂事了。

晴天的時候，鳥兒喜歡三三兩兩結伴造訪，那低頭啄食、翹起尾巴的模樣可愛極了！有時一大早不知為了何事，只見牠們激動地跳躍著，吱吱喳喳，議論紛紛。經過了一夜的養精蓄銳，顯然各個都精神飽滿了，急著發表各自的高見，誰都不肯保持沉默。這時候，睡夢中的鄰人或許會嫌牠們過於聒噪，擾人清夢，但聽在我的耳裡，全成了婉轉清越、俏皮動人的樂音了。

雨後，鳥兒喜愛追逐嬉戲，一會兒飛到這兒，一會兒飛到那兒，來去都是瞬間的事。有時實在趕不上牠們的速度，分明看到鳥兒往那邊飛去了，一眨眼卻不見了蹤影！尋覓間悵然若失，正納悶著，突然瞧見鄰家那棵大樹上有幾片葉子顫動了一下，兩隻麻雀霎時從裡頭竄了出來，直往路旁的電線桿展翅飛去。好矯捷的身手，就像和我玩捉迷藏似的，看得我不亦樂乎！

春夏時節，每到傍晚，我常在後院幹活兒。有一回正忙著給烈日曝曬過的菜圃澆澆水，瞧見不過七八步距離的樹下，有隻棕色的野兔不知何時來到的，就在那兒默默地陪著我。正感到心平氣和、怡然自得的時候，突然又聽到麻雀來到了牆頭，似乎是在呼朋引伴。抬頭一看，另一隻可愛的麻雀聞聲剛從鳥屋裡鑽了出來，就站在小屋門前張望，還會歪著頭看我，像個天真活潑的孩兒一般，憨態可掬。鳥兒與我近在咫尺，卻好像一點也不怕我。鳥兒知我心，我無意傷害牠們，鳥語花香才是家園最溫馨的妝扮。

有時，鳥兒不僅不怕我們，還會聯合起來威嚇我們。有一回，為了修剪樹叢，不得不在牠們的鳥窩附近忙碌。這下可不得了，不一會兒，牠們急得飛上飛下，又跳又叫以示抗議。那著急凌厲的叫聲與平時的婉轉悅耳判若二「鳥」，想必是窩裡有蛋了，牠們誓死保護到底，才會如此厲聲驅趕我們。後來，我們只好知難而退，看那樣子，若再不離去，牠們就要撲上來了。

十多年來，我以鳥屋取代了鳥籠，對鳥兒發出了誠摯的邀請，心中也因而豁然開朗。鳥兒身上長了翅膀，若不讓牠自由地飛翔，豈不扼殺了翅膀的作用，也殘害了飛翔的天性？在這花紅柳綠、春光明媚的時候，能夠看到鳥兒結伴來到院子裡覓食戲耍，來去自

鳥屋有各種款式，多數是懸掛式的，而這戶人家的鳥屋是用柱子固定在地上。

如，鳥兒的快樂也成為我莫大的快樂了。若是被剝奪了自由，鳥兒還能如此快樂嗎？細想起來，如今我所享受到的「養」鳥之樂，絕不是過去逗弄籠中之鳥所能相比的。真正的愛鳥並非將鳥兒抓在手裡，而是把天地視為園林，以寬大溫暖的胸懷讓鳥兒順著天性自在地生活、自由地翱翔。我們所能提供的就是一個良好的生態環境和優質的鳥食了。

（二〇一三年六月二日　世界日報副刊）

梨花朵朵，是季節的少女如雲，含羞帶怯似的，在枝頭互訴著心語。

春姑娘

北美的春天總是來得晚，然而這一回，在我熟睡的當兒，睽違多時的迎春花卻提早開了。一簇簇，以那溫馨暖人的金黃，霎時點亮了枯樹寒枝的庭園。清晨的陽光緩緩地穿梭著，彷彿在驅趕冬日殘留的氣息，來到了耳畔便輕聲低語，告訴我，春姑娘來了。

東風吹拂，可愛的姑娘邁著輕盈的步子，長裙飄飄，讓小麥田率先染綠了原野。那場春雨過後，姑娘一聲催促，便提醒了習於趕早的梨樹。梨花朵朵，是季節的少女如雲，含羞帶怯似的，在枝頭互訴著心語。

春姑娘來了，像往年一樣，以她的蕙質蘭心，一寸寸將冬日的虛空盈滿。河畔的小鎮也甦醒了，柳條兒隨風款擺，像是在回憶四季的故事，也像在訴說春來的心情。小戶人家的水仙花和鬱金香也競相綻放了，黃的清新可喜，紅的活潑艷麗，它們知

東風吹拂，喚醒了庭前的老樹。含苞待放，更有一種溫柔婉約的美。

道如何討主人和路人的歡心。

極目望去，河水悠悠，晴空如洗，而我熟悉的遠山就要綠了！生活在四季分明的國度裡，滿心期盼的就是冬去春來，痴心守候的就是春姑娘彩繪的世間風景。

（二〇一六年四月十一日　台灣時報副刊）

夏天的雨

炎炎夏日，當驕陽似火，酷熱難當的時候，人們最渴望的就是祛除暑氣的那一陣雨了。

北美夏天的雨往往驟然而至，來得急，也去得快。出門在外，難免會碰上沒帶傘的窘境。這時候，只要心情放鬆，避免不必要的抗拒，甚至欣然讓雨點落在身上，就像落在花草上一樣，不一會兒，身心自然就會有鬆快的感覺了。既然碰上了，不妨從容以對，偶然的斜風細雨也能幫助我們釋放久受禁錮的心靈。尤其是久旱之後，我已不再在意雨水打濕了衣襟。

遇到雨日，也很喜歡撐起一把傘，漫步到院子裡巡視自家的小菜園。烈日過後，一旦雨水豐沛了，草地走起來噗哧噗哧的，鞋面即刻就被濺濕了。雨傘上滴滴答答的樂章更喚起了那份閒情逸致，首先就去探望日前才開始結果的小番茄。看著淡綠泛紅的小臉蛋圓溜溜的，各個洗得乾乾淨淨的，心裡便是一陣歡喜。仔細一聽，身旁小不點大的青椒剛熬過了驕陽的烤曬，如今初嚐雨水的滋潤，正開心地哼著那支輕快的小曲呢！

再轉身一瞧，三四吋長的小黃瓜沐浴在甘霖裡，經過幾日陽光和雨水的催促，此刻看來，彷彿又較昨日長大了不少。然而，巴掌大的葉片不堪雨水的負荷，濕淋淋的垂掛在那兒，狀極狼狽。至於一向不受小動物青睞的紅辣椒，年年夏天總是張燈結彩似的，初時青翠欲滴，等到熟透了便褪去綠衣改著紅裝了，那是十分俏麗而可愛的紅。

仲夏之時，若是看到紅透了的小番茄，便會高興地摘了下來，在雨裡搓洗兩下就往嘴裡送了。偶爾看到支架被風雨打歪了，也會順手將它固定一下。後院的菜園子不大，然而每年盛夏卻是我們的祕密花園。在那兒，耕耘與收穫都是滿心的喜悅。

夏天的雨一視同仁，落在家家戶戶的庭院，也落在一望無際的田園。幾場好雨過後，阿米希人（Amish）聚居的賓州蘭卡斯特（Lancaster）一帶，我們看到了遍地的莊稼綠盈盈的，一片欣欣向榮。玉米地像是站滿了精壯的千軍萬馬，各個頭戴纓子，氣勢威武，列隊神氣地等候著農民的檢閱。走近細看，才發現一穗穗玉蜀黍已然鼓鼓的，顯得結實而飽滿。而有些農地填滿了大豆和菸草肥美的綠葉，大豆的葉子小，菸草的葉子則特別的碩大，兩塊農地因此而形成了有趣的對比。看著這些精心栽培、整齊劃一的莊稼，除了由衷敬佩農民專業的墾殖之外，更讓人打從心底感恩陽光的充足和雨水的豐沛，否則農民的期待便要落空了。

夏天的雨讓春日開啟的局面得以延續，也讓勤奮的耕耘有了成果。鄰居老太太在世的時候，總說雨水最肥，不同於水龍頭流出來的水，所以老人家總在後院儲存一大盆的雨水，以便每日澆灌她那生機勃勃的菜園。回想起來，先生與我蒔花弄草也已多年了。在雨中，看著它們享受大自然的恩賜，欣欣然像洗著澡的嬰兒般清新可愛，心裡不自覺也跟著歡喜。想像肥肥的雨水緩緩地滲入土壤，好讓植物的根部從容地吸收，滋養著生命，開花又結果。老人家的話，多年以來，我深信不疑。

北國之夏像是歷經烈焰燃燒似的，而如今眼看著就要步入尾聲了。由衷感激這一季的雨水，它帶來了我所嚮往的田園之樂。

（二〇一六年九月五日　台灣時報副刊）

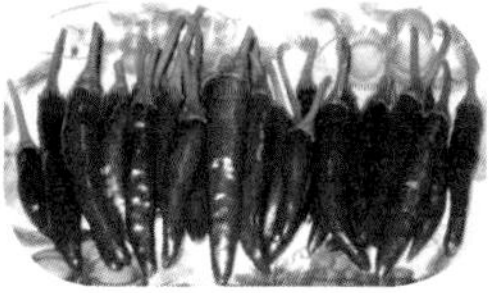

▍上：雨水豐沛的賓州田園 Lancaster 一帶，遍地的莊稼綠盈盈的，一片欣欣向榮。

▍中：夏日的雨水和陽光是大地的貴人。當車子駛過了山谷，才剛進入平原，第一縷陽光就傾灑在原野的木屋上。鄉間的房舍小巧，用工具和薪柴妝點得溫馨而別緻。那動人的紅屋綠地告訴我，屋主依舊熱情洋溢，把日子過成了一幅畫。

▍下：辣椒紅了！每年夏天，由於往來於後院的小動物對此並無興趣，我們才得以豐收。

思念的小河

思念
是今夏的那條小河
悠悠緩緩
流過了村莊
淌過了原野
遠方，一座古老的石橋
日日夜夜，為著它
溫馨的妝點

而我想著
琉璃河水，潺潺而去
任它如何的蜿蜒
終也是為了
萬里
奔向你的心田

（二〇一九年八月三十日　台灣時報副刊）

Kingston，New York

別後秋來的消息

走在鄉間的小路上，春耕夏耘，四時總有看不倦的風景，春秋也會有不同的韻致。熱浪過後，季節的步履舒緩了。玉米地裡，當玉蜀黍一穗穗飽滿起來的時候，太陽便逐漸晚起，山色也不若先前那麼蒼翠了。晨光中，每棵樹，每片葉，原野和莊稼彷彿都豎起了耳朵，凝神諦聽著別後秋來的消息。

南瓜就要成熟了，此時已呈美麗的金黃，個個穩重地徜徉在肥沃的土地上，胸有成竹地等候著你的檢閱。大豆田在綠意中點綴起了黃葉，張燈結彩似地懸掛著可愛的豆莢，還未收成就歡歡喜喜先慶祝了起來。而菸葉已經率先收割了，農家少女們臉上帶著豐收的喜悅，將碩大的葉片整理成一捆一捆的，直接就在地裡架起來晾曬了。她們繫著頭巾，一邊工作，一邊嬉鬧著，田野裡就傳來了青春的歡聲笑語。

沒有特別的目的，就這樣結伴在鄉間走著。一路上，時而樹影婆娑，時而溪流蜿蜒，而有時候，水塘邊一大片蘆花不期然撲面而來，那款款搖曳的身姿份外的優雅，讓人想起了那句「秋潮向晚天」和「蘆花長堤遠」。再往遠處望去，天高雲淡，一隻老鷹像原野的獨行俠，威風凜凜地張開雙翼，時高時低，御風而行。不知是否也在打聽別後秋來的消息？

走到了鎮上古老的教堂前，從步道看過去，老樹的落英已然佈滿了台階。就在我信步上前的時候，一陣微風吹來，枝葉便晃動了幾下。鵝黃色袖珍而細緻的花瓣便順勢乘著風兒的翅膀，紛紛自枝頭飛舞盤旋了下來，有如一陣輕柔夢幻的花雨。就在我痴痴的凝視下，最終，細小的花瓣隨遇而安，與先前落下的花瓣久別重逢，恬靜自適地安歇在寬闊陰涼的樹蔭裡。

夏日就這樣緩緩步入了尾聲，而美東久違的秋天就要來了。四季的流轉讓我們先後體會到了耕耘與收穫、酷暑與涼爽，就像人生的起起落落，不也讓我們一再嚐到了成敗得失、苦辣酸甜的滋味？但凡生命都要經歷這樣的歷程吧?!大自然裡，從未有過永遠的炎夏或寒冬，就像人生也不會有過不去的坎兒。努力點，終有那麼一天，期盼會換來滿心的歡喜。

（二〇一九年九月十一日　台灣時報副刊）

1	3
2	4

- 1：賓州是農業州，土壤肥沃。八月中旬的菸草地，碩大的葉片隨風款擺。Lancaster 這一帶聚集了許多 Amish，他們有自己的宗教信仰和生活方式，平日身著傳統的服裝，出門常以馬車代步，是田園特有的景緻之一。他們用古法來耕種和收成，田野裡，依然能看到用馬來耕田的景象。
- 2：田裡晾曬著菸葉，這樣的色彩和畫面讓人感受到農家生活之美。
- 3：純樸的女孩一邊工作，一邊說笑著，田野裡就傳來了青春的歡聲笑語。
- 4：農舍的兩旁有飼雞養鴨的，也有放牛牧馬的。牠們優遊著歲月，無意間再為田園美景添加了幾分閒逸的氛圍。

秋

雲來雲往
光影變幻的林子裡
秋陽，好像玩不膩
躲藏的遊戲
西風呢喃
木葉軟語
當美麗的金蝴蝶
拍動起雙翼
輕輕，緩緩地
辭別了枝椏，乘願飛起
歲月，便將這一刻
揉進了記憶的錦囊裡

（二〇一八年十一月十五日　台灣時報副刊）

走進深秋幽靜的林子裡，耳畔只有西風的呢喃，頓時像是走進了自己的心裡。

小鎮風情

Stonington 位於康州（Connecticut）東南一隅，是個優雅的濱海小鎮，也有人認為那是康州最為美麗的村莊。這樣的小鎮沒有大都會的嘈雜奔忙，人口總數偏低，生活步調也較為悠緩。然而，商店街上還是有不少慕名而來的遊人，他們駐足瀏覽，為小鎮添加了活潑和浪漫的氣息。

喜歡沿著長長的 Water Street 走去，那是南北走向，幾乎與海港水面平行的一條街道。一路上，有親切高雅的商店，也有寧靜平實的住家。服飾店、陶瓷店和古董店最能引起我的興致，穿梭其間，常會發現一些平時不易見到的收藏。若能碰上一兩樣喜愛的物件，那便是額外的驚喜了。

然而，對我來說，小鎮 Stonington 最為動人之處，還是那些溫馨雅致的家園。這兒的建築風格不一，各有不同的特色，但都妝點著一個優美的庭園。庭園無論大小，都是用來落實對四季花草的喜愛。一路走著，小鎮人家像是事先約好了似的，家家戶戶都有兩三款特別好看的當季花卉，欣欣然在陽光中閃耀著它們的丰采。

從矮籬笆後面探出頭來的薔薇和雛菊，窗前花台上的三色堇和馬纓丹，柵欄旁的繡球花和薰衣草，房屋側面高挑的醉蝶花和金針花，還有門旁花盆裡特意栽植的吊鐘花，串串鈴鐺張燈結彩似的，一朵朵像是含羞帶怯的新嫁娘，象徵著一生的圓滿和吉祥。如此花紅柳綠，碧草如茵，沿路欣賞就像是翻閱一頁頁的風景畫，讚嘆與莞爾也都是心情。

沿著 Water Street 走到了盡頭，迎面而來就是波光瀲灩的海洋和沙灘上做著日光浴的人們。站在長街的最後一棟房子前，想起了兒時興致勃勃畫下的一張張卡片。畫面上，遠處的山巒總是飄著幾朵白雲，而小橋流水必然會有人家。好像這個炊煙裊裊的小屋就是故事的主角，有了它，這幅畫才有了意義。這些年走過了無數個美國小鎮，走走停停，這才發現我還像往日那樣，依然熱衷於瀏覽民宅房舍，依然尋覓著花草庭園而樂此不疲。

家，是我們停靠的港灣，也是心靈休憩的地方。世界之大，卻只有家園允許我們蒔花弄草，也容許我們發揮巧思盡情地佈置。如果說呵護家園是居民的共同信念，無疑地，小鎮 Stonington 已經表現得可圈可點了，它的迷人之處也在於此。每年春夏必到此地

由南向北沿著 Water Street 走，這是盡頭最後的一戶人家。

一遊，回回都是滿懷著喜悅，來看海，也來看看小鎮的人家。

（二〇一八年八月二十二日
台灣時報副刊）

深秋的黃昏

深秋的黃昏總是來得早，下班後，一推開門，街道已被夕陽的餘暉塗抹上一層金黃的色調，細緻而溫婉地勾勒出向晚的心情。就像輕輕捻亮了客廳角落的那盞燈，霎時滿室的溫馨，然而心裡明白，片刻之後，夜的布幔就要落下了。

季節讓水草黃了，依舊不改其筆直質樸的風貌。幾番秋雨落過，蘆花無語，卻默默流露著內蘊的性情。楓紅過了，黃葉隨風飄舞。走著，走著，鏗鏘的腳步聲驚起了守候暮色的雀鳥，群起聒噪著從我眼前低低飛過。當我的目光追隨，這才發覺，一轉眼的功夫，石磚路上已然瀰漫起一層薄暮，白日不為人注意的路燈也瞬間點亮了。

如常發動了車子，音樂便輕輕地流淌。順著節拍踩了一下油門，我向逐漸加深的一片蒼茫駛去，直到沉浸在溫馨如昨的萬家燈火裡。

（二〇一五年十二月三日　台灣時報副刊）

賓州首府 Harrisburg 的深秋時節，從樹下走過，秋葉就在眼前自在地隨風飄落。

秋葉

深秋的街道
是你愛讀的那首小詩
葉兒紅了，悄悄
為秋姑娘點了胭脂
葉兒落了，飄飄
為秋姑娘譜曲填詞

深秋時節，寧靜的紐澤西鄉間溫馨的一景。

公園的常客

公園，我們始終是它的常客。在美國的公共設施裡，我們最常逛的就是公園了。

美國的公園星羅棋佈，不僅每個城鎮擁有自己的公園，也常有設備較為齊全的大型公園地跨數個城鎮的部分疆域。除此之外，每一州總有好幾座以原本的自然景觀為基礎，規劃建設起來的州立公園（State Park）。至於擁有獨特的自然資源，具有歷史價值與意義，並受國家保護的國家公園（National Park），其山川壯麗名聞遐邇，自是不在話下了。

這些大大小小的公園可說各有千秋，有的依山傍水，佔地遼闊；有的湖光山色，略勝一籌。有的附設了網球場、籃球場、溜冰場或兒童遊樂區，週末假日的使用率最高。有的公園甚至圈起一塊場地，特別提供給寵物狗使用。常見大狗與小狗在裡邊追逐嬉戲，狗語此起彼落。看牠們玩得不亦樂乎，狗兒的主人也在一旁發出了會心的微笑。

有的公園則如小家碧玉，每個角落都佈置得綠意盎然，清新雅致。不僅平日有專人負責一草一木的修剪維護，也特別講究園內花卉的栽植和其他諸如涼亭、池塘、步道等等設施的搭配。那份苦心經營的心思，往往給我們留下了深刻的印象，也達到了賞心悅目的效果。然而，總的來說，身在公園的時候，卻常感覺地廣人稀，從不曾為了尋找一張空出來的野餐桌椅而費力。享受公園的綠地濃蔭之餘，我們不免納悶如此美好的一片園地，為何經常是遊人寥寥無幾？

一週之前，因為迷路，無意間又發現了一座公園。當下便趕緊彎進去瞧瞧，把迷路的事都給忘了。一週之後的星期六中午，我們做好了飯菜之後，緊接著便準備了三個便當、一些水果、飲料和幾本書，特地開車帶兒子到那兒野餐。

公園的小湖中央設有噴泉，不斷地灑著細語般悅耳的水聲。活水使得湖面清澈無比，遨遊的魚兒也是清晰可見。不久之後，有個年輕人釣到了一條魚，高興地放在草地上看了看。只一會兒，又見他毫不猶豫地將魚兒放回湖裡。我們的心，也隨著年輕人放生的動作而變得柔軟了。接著，他轉移了陣地，另外選個角落，繼續他的垂釣。原來這兒是允許人們釣魚的，只要你不把釣到的魚兒擁為己有。

枝繁葉茂的老樹底下和風徐來，一樣的飯菜，在公園裡吃起來卻是份外的香。飯後，可以散散步、看看書。寬敞的戶外空間讓我們深感輕鬆自在，一週積累的疲憊就此消失無蹤了。入夏以來，這是難得的一段清風拂面、恬靜美好的午後時光，我們很珍惜它。尤其令人感謝的是，這裡並沒有蚊蠅的干擾。

公園是大自然的縮影，也是季節變化的晴雨表。每當嚴冬過去，空氣裡剛有一點春意的時候，我們便如同蟄伏久矣的松鼠和土撥鼠，迫不及待地到公園尋覓春的蹤跡。縱然看起來依然是一幅寒樹枯枝的景象，我們卻滿懷著信心，熱切地用鏡頭來捕捉新葉最初的抽芽，和迎春花趕早的含苞待放，就像在印證大地的回春一樣。

夏天，我們喜歡在蟬聲四起的週末早晨，踩過露水豐沛的青草之地，讓沁涼的水珠一路飛濺到腳踝上，刺刺癢癢的，任憑它打濕了鞋襪。也喜歡結伴騎上單車，沿著大公園的林蔭小道乘風騎去。經過樹林，經過池塘，經過網球場，再越過那座橫跨溪流的古老石橋。一路蜿蜒曲折，兩個多鐘頭的工夫，蜻蜓點水似的穿越了五個不同的城鎮。

秋天是個令人翹首企盼的季節，公園裡繽紛斑斕的秋景如詩似畫。為了及時欣賞到紅葉，每個晴好的週末，我們總是帶著相機趕場似地在各個公園裡尋尋覓覓。既不願錯過任何一道美麗的秋景，也想用鏡頭來留住層林盡染的詩意。有時，我們在偏愛的老樹底下看書，枝頭由紅轉黃的秋葉就在我們的四周悄然飄零。

這些年來，得空走訪過無數座公園，多數都曾野餐過，而幽靜的公園更具備了閱讀與寫字最佳的環境。或許正因為遊人不多，公園始終保持著它可貴的原貌，鳥聲多於人聲，所以我們才會如此喜歡它。想像若是公園裡一片熙來攘往，人聲鼎沸，非但找不到一塊清靜之地，而且四處都是人們燒烤的煙霧繚繞，連空氣也變得污濁了，那時我們還會是它的常客嗎？

（二〇一二年十一月六日　世界日報副刊）

1	3
2	4

- 1：春回大地，賓州的公園 Tinicum Park 佈置起一片新綠，如此清新可喜，這就足以構成闔家一遊的理由了。
- 2：紐澤西州的公園 Roosevelt Park 何其絢麗多彩！秋日，大自然將它的心意寫在每片葉子上，有人視而不見，年年錯過了，也有人心領神會，細細地閱讀。
- 3：盛夏雨後，紐澤西州小鎮 Morristown 街心公園芳草碧綠，樹影婆娑。可愛的黑心金光菊（Black－Eyed Susan）看起來金燦燦的，在陰天裡照亮了公園一隅。
- 4：經歷過一番細雨的薰陶，秋的林間無比的寂靜。這無聲之音空靈而幽深，讓人有與世隔絕之感。

冬天心頭暖

年復一年，又到了美東地區寒氣襲人的時節。每年此時，開車途經公車站的時候，看到在刺骨寒風中引頸企盼的候車乘客，內心總會掀起一陣不安。電視上偶爾也出現流浪漢露宿街頭的新聞，只見他們用報紙和厚紙板裹身禦寒。在最冷的那幾天，房客控告房東暖氣供應不足的事件也時有所聞。新移民及留學生初來乍到，縱然覓得了棲身之處，卻常因為寄人籬下，或考量房租電費的關係，不見得人人享有足夠的暖氣，以抵禦地凍天寒的冬天。

二十年前，初到紐約的那個冬天，或許是尚未適應嚴冬的緣故，記憶裡，那些日子格外地寒冷。那時白天先生去上班，留下兒子與我在家，屋子裡一點兒也不溫暖。當時暖氣的供應權掌握在樓上房東夫婦的手裡，我們很客氣，始終不好意思向房東反應樓下冷颼颼的實際情況。後來我們悄悄地買了一個電爐，還藏起來，怕被房東瞧見。主要是考慮到水電瓦斯的費用都算在房租裡，生怕一個不小心，房租就跟著上漲了。

那時候，只要不下雪、不下雨的日子，白天時，我總喜歡帶著年幼的兒子沿街漫步。一旦走動起來，似乎就不那麼冷了。每天我們都會路過一家中國餐館，幾次之後，便知道何時會有剛出爐的叉燒包。他們的叉燒包和台北賣的不一樣，外表看起來像個普通的圓形麵包，吃起來卻比台北的叉燒包來得美味。有時，我會買一個放在兒子手裡。乖巧的兒子總會舉起叉燒包來，堅持讓媽媽先嚐嚐。為了讓兒子體驗到分享的樂趣，我常會象徵性地咬它一小口。

當時，我和先生研究所剛畢業，一家三口在美國尚未站穩住腳，加上我帶著孩子，還沒有工作，所以哪怕是五角一元，也要精打細算，可說是一毛不拔。唯獨買給兒子的，我能捨得。那麼冷的天，牽著兒子的小手，看著那張小嘴吃得津津有味，我的心裡也暖和了起來。

記得有一天如常帶著兒子散步，走著走著，赫然發現一戶人家的走道上放著一大箱準備丟棄的書本。我趨前一看，眼睛為之一亮！二話不說，不知哪來的神力，竟把整箱沉甸甸的書本抬了起來。

我自小愛書，視書本為寶貝，但從路旁撿拾別人不要的書本，這還是頭一回。由於自尊心作祟，箱子雖重得很，我還是三步併作兩步，拼命地往家裡跑。年幼的兒子也是小跑步跟著，緊緊相隨。

回到了自己的小窩，安全了，我們母子倆胡亂地翻閱了起來。兒子高興得不得了，"Wow! Wow!" 歡呼著。除了少數幾本婦女雜誌之外，一箱子全是小朋友愛看的童話故事書。花花綠綠，五顏六色，而且每一本都還很新。那戶人家把這樣的一箱書丟在外頭，莫非是故意要送我們？否則太不可思議了，當時我這麼想。

當晚，先生下班回來，一進屋，兒子便過去抱著爸爸的腿，"Daddy! Daddy!" 的叫著。先生彎下身來，疼愛地將兒子抱起。兒子興奮地向他報告：「媽咪找到書，媽咪找到好多好多書喔！」那年的冬天特別冷，唯獨撿書這件事溫暖了我們的心。

冬天過後的四月天，我們搬到了紐澤西州。這次暖氣的供應權還是操控在房東手中，可是那年冬天我們卻捨不得外出了，因為屋子裡總是保持著溫暖，沒讓付了房租的房客凍著。記得房東是個和善的波蘭人。

（二〇一〇年二月十日　世界日報副刊）

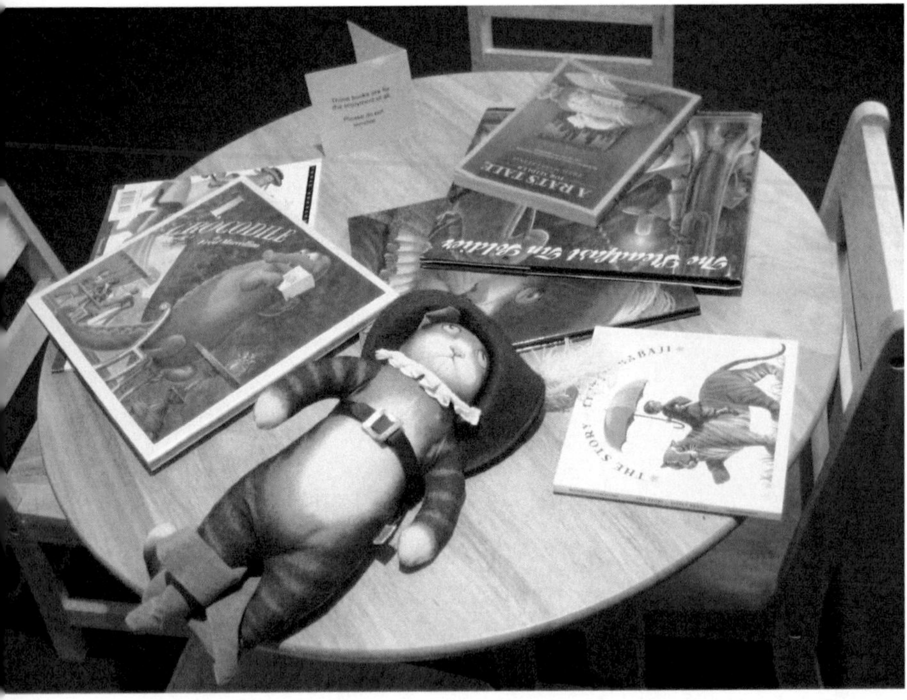

▍這些是兒子安德魯喜歡的童書，美國插畫家和兒童文學家 Fred Marcellino 的作品。桌上的貓咪是其中一本童書的主角。

兒時的火鍋

兒時圍爐的火鍋
是除夕夜
爆竹聲響前
母親置辦的家家酒

炊煙裊裊的小煙囪
滾燙的魚丸、豆腐和蘿蔔
三代同堂緊挨著坐
歡聲笑語，杯盤交錯
剛學會舉筷的孩兒
也在烹煮的興頭

兒時圍爐的火鍋
黃銅難掩歲月的斑駁
許多年後，驀然回首
時光隧道的那一頭

▌懷念年味濃郁的圍爐之夜，那段環繞著親情的溫馨時光。

刻劃記憶的小圓桌，依舊
燃著我悠悠童年的炭火

（二〇一六年二月二日
台灣時報副刊）

驛站

向晚的夕陽回家了
晚風惜別
低聲輕輕地拂過
海天盡處　暮雲躑躅
催促著遲歸的船舶

遊人的耳語遠去了
倦鳥也結伴回窩
只有相思不見驛站
不靠岸
歲月，從不曾消磨

（二〇一五年九月二十二日　台灣時報副刊）

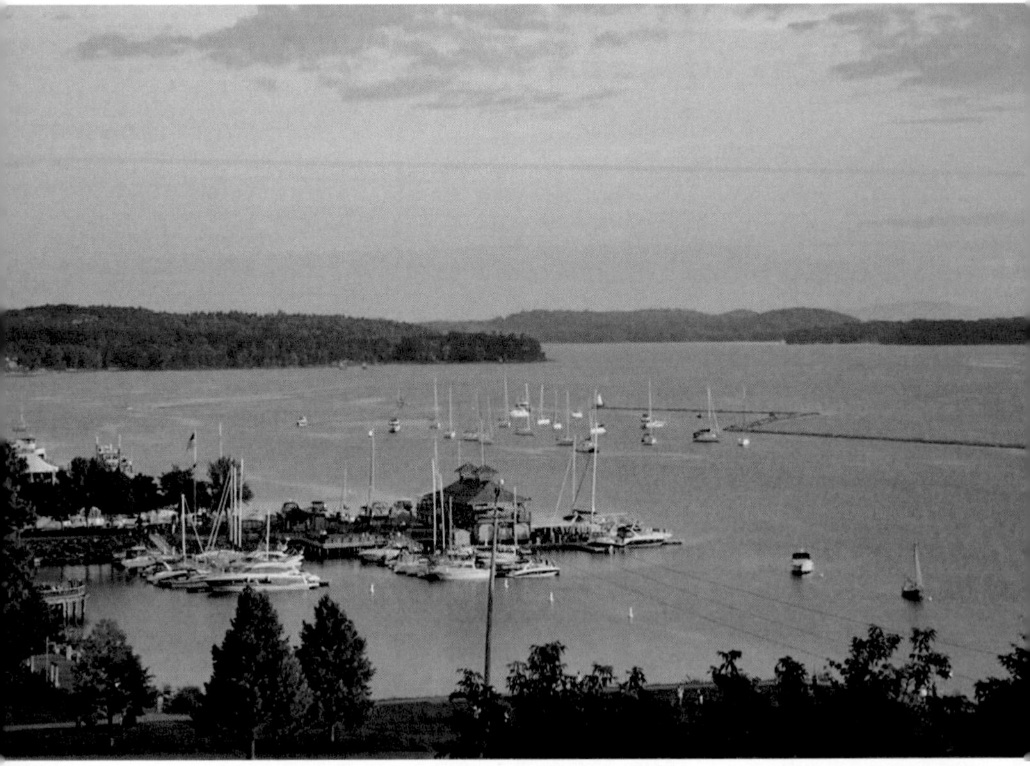

在 Burlington，Vermont 欣賞 Lake Champlain 的黃昏，遠處歸帆點點。

語言文學類　PG2393　秀文學36

歲月之歌
——櫻櫻旅美文集

作　　者 / 梁櫻櫻
責任編輯 / 石書豪
圖文排版 / 周怡辰
封面設計 / 劉肇昇

發 行 人 / 宋政坤
法律顧問 / 毛國樑　律師
出版發行 / 秀威資訊科技股份有限公司
114台北市內湖區瑞光路76巷65號1樓
電話：+886-2-2796-3638　傳真：+886-2-2796-1377
http://www.showwe.com.tw
劃撥帳號 / 19563868　戶名：秀威資訊科技股份有限公司
讀者服務信箱：service@showwe.com.tw
展售門市 / 國家書店（松江門市）
104台北市中山區松江路209號1樓
電話：+886-2-2518-0207　傳真：+886-2-2518-0778
網路訂購 / 秀威網路書店：https://store.showwe.tw
國家網路書店：https://www.govbooks.com.tw

2020年7月　BOD一版
定價：320元

國家圖書館出版品預行編目

歲月之歌：櫻櫻旅美文集 / 梁櫻櫻著. -- 一版.
-- 臺北市 : 秀威資訊科技, 2020.07
面； 公分. -- (語言文學類 ; PG2393) (秀文學 ; 36)
BOD版
ISBN 978-986-326-800-0(平裝)

863.55 109005858

讀者回函卡

感謝您購買本書，為提升服務品質，請填妥以下資料，將讀者回函卡直接寄回或傳真本公司，收到您的寶貴意見後，我們會收藏記錄及檢討，謝謝！如您需要了解本公司最新出版書目、購書優惠或企劃活動，歡迎您上網查詢或下載相關資料：http:// www.showwe.com.tw

您購買的書名：________________________________

出生日期：________年________月________日

學歷：□高中（含）以下　□大專　□研究所（含）以上

職業：□製造業　□金融業　□資訊業　□軍警　□傳播業　□自由業

□服務業　□公務員　□教職　□學生　□家管　□其它_____

購書地點：□網路書店　□實體書店　□書展　□郵購　□贈閱　□其他

您從何得知本書的消息？

□網路書店　□實體書店　□網路搜尋　□電子報　□書訊　□雜誌

□傳播媒體　□親友推薦　□網站推薦　□部落格　□其他__________

您對本書的評價：（請填代號　1.非常滿意　2.滿意　3.尚可　4.再改進）

封面設計____　版面編排____　內容____　文／譯筆____　價格____

讀完書後您覺得：

□很有收穫　□有收穫　□收穫不多　□沒收穫

對我們的建議：________________________________

____

____

____

請貼
郵票

11466
台北市內湖區瑞光路 76 巷 65 號 1 樓
秀威資訊科技股份有限公司 收
BOD 數位出版事業部

（請沿線對折寄回，謝謝！）

姓　　名：________________　年齡：________　性別：□女　□男

郵遞區號：□□□□□

地　　址：________________________________

聯絡電話：(日) ________________ (夜) ________________

E-mail：________________________________